主编 凌翔　　　　　当代著名作家美文自选集

到哪里寻找心中的海

申瑞瑾 著

地震出版社

图书在版编目（CIP）数据

到哪里寻找心中的海/申瑞瑾著.—北京：地震出版社，2019.11
（当代著名作家美文自选集/凌翔主编）
ISBN 978-7-5028-5090-6

I.①到… II.①申… III.①散文集—中国—当代
IV.①I267

中国版本图书馆CIP数据核字（2019）第190350号

地震版　XM4465/I(5808)

到哪里寻找心中的海

申瑞瑾　著

责任编辑：范静泊

责任校对：凌　樱

出版发行：地震出版社
北京市海淀区民族大学南路9号　　邮编：100081
发行部：68423031　68467993　　传真：88421706
门市部：68467991　　　　　　　　传真：68467991
总编室：68462709　68423029　　传真：68455221
市场图书事业部：68721982
E-mail: seis@mailbox.rol.cn.net
http://www.seismologicalpress.com

经销：全国各地新华书店
印刷：北京楠萍印刷有限公司

版（印）次：2019年11月第一版　2019年11月第一次印刷
开本：710×1000　1/16
字数：174千字
印张：13
书号：ISBN 978-7-5028-5090-6
定价：49.80元

版权所有　翻印必究

（图书出现印装问题，本社负责调换）

目　录

第一辑　塞外风烟能记否

莫日格勒河畔的怀想　002

界河边的白桦林与村庄　005

额尔古纳河边的垂钓　009

呼伦贝尔的长调与悲歌　013

浅尝辄止响沙湾　016

贺兰山的南北寺　018

两进腾格里　022

南疆与北疆　026

乌伊公路南侧的北天山　028

民族融合的博乐　030

七月的库赛木奇克与赛里木湖　033

戍边者的乡愁　037

怪石峪的佛　041

夏尔希里之梦　043

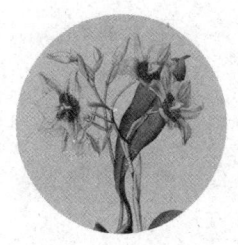

第二辑　五云南国在天涯

阿诗玛，你在哪里　048

蝴蝶泉边的苍山洱海　051

我眼里的丽江　054

西双版纳之约　057

喜洲看海　060

千户苗寨　064

华丽的大花苗　067

河与瀑　070

王若飞故居　073

安顺的文武庙　075

旧州　078

天龙屯堡　082

坡坡街　086

西沱的前世今生　089

西沱人的乡愁　092

青神之神　095

回望长安　099

第三辑　江南江北送君归

梦里南京　104

柔软的周庄　107

印象西湖　111

梦幻三清山　114

福州"福果"天门山　117

阳春三月下阳春　120

第四辑　一屏烟景画潇湘

瑶寨五宝田和庙前民居　126
光影魔术手下的枫木寨　128
睡莲·绣楼·一江水　131
九月的紫鹊界　134
黔城雨巷　137
又见侗乡风雨桥　140
殉情谷　144
一江水，一塘荷　147
沅有芷兮　150
敬衡居的早晨　153
想和崀山谈一谈　155
云端上的花瑶　159
守望雁鹅界　164
一都河与山背　168
二都河与刘家渡的舒新城　172
溆水　175

第五辑　满船清梦压星河

念想中的春天　178
尘世间的旅行　182
永远的白桦林　185

03

秋水·落霞·伊人　187
拨响这首四季歌　190
到哪里寻找心中的海　194
那些久远了的苗歌　198
晋祠的睡莲　200

第一辑　塞外风烟能记否

莫日格勒河畔的怀想

很多人打小都被"风吹草低见牛羊"的古诗词所诱惑。看到海之前，渴望海；看了海之后，渴望草原。我就是这样的人，中年以后才见到海，接着开始渴望草原。在我心里，草原几乎等同于内蒙古，等同于马头琴与蒙古长调。于是，我打着陪孩子的幌子，强烈要求去呼伦贝尔大草原，孩子的父亲竟然也同意了。我立即上网找寻旅行攻略，慕名找到海拉尔的租车师傅铁永。在他的带领下，一支由六辆车组成的队伍向着呼伦贝尔草原挺进了。

过了金帐汗后，我们在"天下第一曲水"莫日格勒河畔停顿下来野炊，有的烤肉串，有的下火锅，有的做手抓肉。素昧平生的旅友，各带乡音，不问来处，不分亲疏，吃得不亦乐乎，玩得不亦乐乎。

饭毕，跑儿跟他爸在天然的"足球场"上踢足球，几个小孩在附近放着风筝，我们的师傅铁永和上海客人的师傅白小黑去河边刷碗，我则在河边安静地拍摄——朵朵白云倒映在莫日格勒河上，几匹棕色的马在不远的对岸饮水……

这才是我心中草原的模样！

刚入草原时，我问他父子俩的心情，平素不爱旅行的跑儿兴奋地抢着回答：到了草原，心真开阔了！

话说东汉初年，鲜卑族的拓跋部从大兴安岭的密林里举族南迁，沿根河往西，翻越大兴安岭，再循着莫日格勒河，来到呼伦贝尔大草原。自此，"统幽都之北，广漠之野，畜牧迁徙，射猎为业"。之后他们占据大漠，又南迁至阴山，于公元386年建立北魏王朝；五十三年后，统一了北方；公元493年迁都洛阳，一跃成为中国历史上第一个入主中原的北方民族。而古鲜卑族的后裔到底是今时的哪个民族？有人说是锡伯族，有人说汉化又胡化……呼伦贝尔心平气和地接纳过诸多游牧民族，看着他们来，目送着他们走，一拨又一拨，一代又一代。在历史长河里璀璨过的那些少数民族也并未真正灭亡，或在历史烟云里湮灭，或西迁，或汉化……在不断的民族大融合里，共谱着一代又一代的历史长歌。

所谓游牧，就像一位蒙古族母亲回答孩子的："我们要是固定在一地，大地母亲就会疼痛。我们不停地搬迁，就像血液在流动，大地母亲就感到舒服。"这是游牧民族都懂的自然规律，逐水草而居。广袤的草原，有的是肥嫩的水草，可若定居，若牛羊只在一块草场吃草，再丰美的草原也不堪重荷，所以，游牧不是流浪，不是喜新厌旧，离开一个地方，并非厌倦一个地方，有时离开，反倒是对大地的保护与成全。

据考证，两三万年前的呼伦湖一带，便有扎赉诺尔人繁衍生息。在最近的两千多年历史风云里，北方的东胡、匈奴、鲜卑、室韦、蒙古等诸多游牧民族，都曾被呼伦贝尔丰饶的自然资源所吸引，均在此创造出灿烂的游牧文化。额尔古纳河流域还曾是成吉思汗给其二弟合撒儿的封地，黑山头是其主要城池。他们从这里往西，往南，你争我夺，分分合合，聚聚散散，在历史舞台上，真实地上演过一幕幕或浓墨重彩或云淡风轻的群戏。

千年之后，我们来了，作为寻梦或者赏景的游客来了。

所谓游客，终究只是游走的过客，都无从安下心来，哪怕经历一年四季的轮回。只是，面对波涛汹涌的绿，我们也可以发挥无穷的想象力，回首早已落幕的一出出历史剧，让一个个不曾谋面却形象鲜明的历史人物悉数登台。那些悲欢离合、喜怒哀乐，大都未能在正史上得以呈现，唯有草原上的群山知道，草甸知道，河流知道。可几千年来，它们还是目睹了人类的改朝换代、变幻的风云与无常的世事，亲见无数白骨与泥土融为一体……河流如旧依偎着草原，仿似一切不曾发生；草原一如最初的模样，婴孩般纯净天然。纷呈的战火早已不再，弯弓射雕也早已不再。草，是春风吹又生的草；河流，还是从前的河流。

时间自顾自往前飞奔，挟裹着才经过的一切，却与河水一样，从不能像人类一样频频回首。唯有牧民在马背上的长调，时间听过，河流听过，草原听过，牛羊听过，马儿听过，连偶然飞过的鸿雁也听过。

铁永说，草原的天气像小孩的脸，谁都说不准，今天还得赶到恩和，大家赶紧赶路。说走就走，惜别莫日格勒河，车队连贯地在草原上翻山越岭，像在腾格里沙漠坐着越野车冲浪，都亟待翻越，又都一望无垠——只不过一个是生长着稀疏芨芨草的、柔顺无比的沙漠，一个是被绿毯裹得柔美无比的草原。

又一个俯冲时，瓢泼大雨突至。刚安全着"陆"，车队一辆商务车的轮胎却陷进湿透了的草地。男人们去推车，我跟跑儿在大雨冲成的一处沼泽地前肃立着，水面上几朵黄花瑟瑟地开着，逼仄的空间刹那间涌现。

不远处，一群惊慌失措的羊狂奔而过，蓝天白云恍如昨日。那一刻，走马灯似的历史人物——仓皇告退，唯剩一支长调，在我心头反反复复。

界河边的白桦林与村庄

都说秋季的白桦林是金与白的交融，白亚色树干上的"眼睛"，更具视觉冲击力。

然而，从坝上到呼伦贝尔，我都只能跟盛夏的白桦林相遇。

在呼伦贝尔看到的第一片白桦林，是还没到恩和之前。白桦林里的小径与石凳，跟林子一样静谧无声。有斜阳无声无息地渗过。一些树干被剥了皮，没了眼睛。凉风穿梭而过，林子四处透着微微的凉。草地里的零星腐叶、折断的树皮、星星点点的白花，跟斑驳的光影一道，在绿与白的恋爱中充当推波助澜的角色。

人们总喜欢把有着修长挺拔树干的白桦树比喻成坚守爱情的人，可能是不管叶生叶落，它们始终坚挺在那里，便显得格外高洁与坚韧。加之朴树当年一曲《白桦林》，感动了无数听者，不同的人对歌曲有不同的诠释，让人们对俄罗斯的国树滋生了莫名的情结。

到了额尔古纳市，方知大兴安岭近在咫尺。而以往说到大兴安岭，想到的只是黑龙江省。谁也没想到，奔着天苍苍野茫茫的草原而去，还能抵达大兴安岭的西麓。自诩最喜欢地理的我，也浑然不知——那南北走向的长长的分水岭，西侧是著名的呼伦贝尔大草原，东侧就是肥沃的松辽平原。

次日从恩和出发，沿路的白桦林不时掠过，才觉察已进入大兴安岭的边缘。想停下来细看白桦林，铁永却说，不急，哈乌尔河景区有更好看的！

清晨的阳光跳跃如兔，冲天的白桦树在蓝天映衬下显得格外葱茏，树干上无数双眼睛远远近近盯着我。我故意不去看那些眼睛，信步在通往山顶的木质栈道上。是的，我第一次见白桦林，是在木兰围场坝上草原，路旁一小片林子让我雀跃不已。在林间哼着《白桦林》的旋律，可在每一片白桦林里，并没找到谁刻下的名字。那翘首期盼心上人从战场归来的姑娘，倒是在每片白桦林里闪现。树干上无数双替她睁大的双眼，饱含思念、期待与忧伤，让见过的人，无不在朴树干净忧伤的歌声中，一遍又一遍地梳理自己不与人说的心事。

在白桦林的出口，我瞥到了山下的哈乌尔河，是流经恩和的那条小河。

相比莫日格勒河，哈乌尔河更像镶嵌在横无际涯的草原上的羊肠小道。不过，九曲十八弯也好，羊肠小道也罢，无论起点在哪，流经哪，都会跟呼伦贝尔草原上的诸多河流一道，相逢于额尔古纳河。而额尔古纳河，则一直往北，最终成为黑龙江的正源。

我历来喜欢追溯一条河流的源头与归宿，就像热爱追溯一个民族一个国家的历史一样。当知道黑龙江的南源是额尔古纳河，而海拉尔河又是额尔古纳河的上源时，我算真正理解了迟子建《额尔古纳河右岸》的书名。那些天我们行走的就是额尔古纳河的右岸。而左岸，右岸的人只能遥望。其实，左岸三百公里开外，都曾是成吉思汗的天下，是四百多年前康熙皇帝签署的第一个不平等条约《中俄尼布楚条约》，让那条河从中国的内河，屈辱地成了中俄的界河。

　　七月中旬，正是呼伦贝尔绿浪翻滚的时节，而我日后同一时段去的新疆北部，草原却早早有了萧瑟的气息，这恐怕跟气候有关，而气候则跟地形与经纬度有关。虽然它们同处在北纬五十度附近，同为温带，前者是温带季风气候及大陆性气候，后者却是温带大陆性干旱半干旱气候。北疆河流少，即便是盛夏，仍处处是断流，是干涸的河床。而呼伦贝尔大草原有上千条河流，盛夏的河流两岸，草甸与树木都葱郁着，屏息聆听着流水的低喃。呼伦贝尔的村庄自然就比北疆的村庄幸福，它们始终记得住河水欢快淌过的模样。只是，任怎样的河流，流过就流过了——有如生命里诸多的告别即永别，跟流水与河岸的告别又何尝不是一样？

　　室韦口岸，森严的哨卡，在有铁丝网缠绕却无哨兵看管的河岸，赫然有一块刻了"额尔古纳河"的大石。

　　对岸的村庄叫奥洛奇村，有三个穿着泳装刚趟进河里的俄罗斯女孩。我很好奇，奥洛奇村的姑娘和小伙，跟室韦镇上的中国人是否都认得？那座长达三百多米的界河桥衔接两岸，两岸的人凭着边防证是否能相互走动？要想探究其中深藏的爱情、亲情故事，恐怕得在室韦住上一阵子，才能打听到一点皮毛吧！

　　室韦与恩和、临江屯一样，居民以俄罗斯后裔为主，只是恩和更原生态。因为口岸的缘故，室韦早已变得商业化；而临江屯，需从室韦沿着界河走十公里路，一般旅游大巴不会去，只有包车旅游或自驾游的客人，才有机会领略那个小屯子的风采。

　　相似的村庄，相同的草原，共着一江水。若非摆明那是界河，谁能想到彼岸是另外一个国度？

　　第一晚入住恩和。哈乌尔河畔，"伊万旅游之家"旁的"小别墅"是典型的"木刻楞"，用木头和手斧刻出，有棱有角，规范整齐，据说冬暖夏凉，结实耐用。从右侧开门进屋。大木窗对着屋外的走廊，窗台内摆着一盆仿真花。大床上铺着与窗帘相呼应的细碎花棉质床品，茶几上的玻璃罐装满花茶，墙角的装饰架上布置得温馨如家，一侧的卫生间小巧别致。

"小别墅"和伊万家隔着一道木篱笆，木篱笆下方栽着疏密有度的绿草红花。

伊万的男主人，是一位五十大几的俄罗斯后裔，跟铁勋他们都是老熟人。他抽空来我们这桌喝酒，用口琴吹了《莫斯科郊外的晚上》，还拿来野生蓝莓汁请我们喝。

低调奢华的"木刻楞"，让人想起电视连续剧《我的娜塔莎》里河边的小木屋。窗外月华如水，口琴声在梦中飘荡。

史载，诸多闯关东的中国汉子和来自俄罗斯的淘金客一样，在一百多年前就来到了恩和，中国人娶了俄罗斯姑娘为妻，成了这里的常住民。俄国十月革命后，迁徙回国的中国移民及其俄罗斯家属，和淘金客的混血后裔一道，成了恩和的主人。知晓了这些历史，你便不会再奇怪，为什么那些长着俄罗斯脸孔的人，说的都是地道的东北话了。

次日一早，喝足鲜奶，吃饱列巴，儿子想跟主人们留影，伊万家的主人欣然答应。两家人并排站着，像久别重逢的亲人。

进门右边的秋千架，彼时空无一人。门前的哈乌尔河，仍如头晚来时一样清冽。

额尔古纳河边的垂钓

跟着车队，沿着额尔古纳河一直往北走。我隐约渴望着什么，总是把脸贴在车窗上，看对岸的草原以及偶尔掠过的村庄。但绝大多数时间，河对岸，常是连绵起伏却一眼望不到边的草原，没有羊群，没有村庄，更无人烟；而河这边，草肥水美，有白桦林，有村庄，有油菜花，有一拨又一拨路过的来不及看清楚面容的游人。临江，临的并非大江大河，临的是额尔古纳河。它是中俄边境一个人迹罕至的小屯子，有和室韦一样的界碑，但没有哨卡，没有驻扎的军队。

我们下榻的"阿丽娜之家"，有稀疏的格桑花在风中飘扬。旅店背后是一畦菜地，菜地一角喂着十几只小笨鸡，不远处就是额尔古纳河。下午四点多，铁永等几个租车师傅带着我们去界河边钓鱼。穿越铁丝网时，已然发现河边灌木丛里有三五成群的垂钓者。往下游走，找到一块未被占据的沙滩河岸，回头望，我晒在旅店后院的衣裳隐约可见，牛羊在河岸与村庄之间的草地上溜达。

我们摩拳擦掌，准备大干一场。

师傅们忙着给鱼钩串上早已挖好的蚯蚓,跑儿怕蚊子咬,头顶铁永的遮蚊帽,手拿钓竿跃跃欲试;跑儿他爸跟师傅们一道,刚把无人管的几根鱼竿插在岸边固定,鱼饵已经落入水中;有人刚钓上来一条长条小鱼,我端着相机咔嚓咔嚓;铁永打算下河捕鱼,穿着高筒靴趟进河水里,才将渔网插到水里,就听人低声喊:前面来了边防兵!他来不及把渔网捞上来,迅速上了岸。其他人连忙把桶子藏在河岸上的灌木丛里,鱼竿还来不及全藏好,我把那尾小鱼刚藏进自己的挎包里,那位高个子边防兵已严肃地站在大家面前,我只记住了他满脸稚气的青春痘。

你们是游客吗?是师傅们带你们来的?

不是,我们都是朋友,来河边玩玩。

玩玩?是钓鱼吧?

没有没有,就是听说好玩,来界河边走走!

不知道界河边是不允许来的吗?你们都从铁丝网钻过来的吧?

不知道界河边不许来,看到河边有不少人,就跑来想近距离看看对岸的俄罗斯……

边防兵估计已经习惯了游客的"谎言",依然一脸严肃,再一顿训斥。鱼竿乖乖地转到了边防兵的手上。"青春痘"挥挥鱼竿,边走边斥:一会来连队写检查,接受教育!便往下游去抓另一拨了。

我们面面相觑,垂头丧气。几经周折,鱼竿退了,悬着的心也落下来了。在边防连长的催促下,我们恋恋不舍地撤离河边。

在"阿丽娜之家"后院走廊,铁永和一位师傅忙着宰杀小笨鸡,我把那条已死去的小鱼从包里抓出来,放在后院的石板上搁着。我一会儿跑后院菜地里望不远处的界河,一会跑回走廊问铁永:还能回界河边钓鱼不?铁永抬头憨厚地笑:姐,稍微等个把小时再去。我傻乎乎地追问,为啥要等那么久?他轻轻一笑:那时边防兵不会再来了。

我只好耐下性子,眯着眼睛,想象着鱼儿咬钩的盛景。

不知为什么，额尔古纳河的鱼都叫冷水鱼。只因没到草原前，就在铁永的微信里三番五次见过图片，还因为想着它们是界河里的鱼，就心心念念。

一小时后，溜回界河边的队伍增加了"宝马哥"一家，大家分头行动，白小黑在几处灌木丛里找回铁桶鱼竿，铁永帮忙寻回了还没被河水冲远的渔网。

彼时，夕阳已落山，河面波光潋滟，河水看似平静地往北流。包括"宝马哥"家四个孩子在内的十来个人，都在姿态各异地钓鱼：站着的，蹲着的，不慌不忙的，手忙脚乱的——"宝马哥"有些性急，鱼儿偏半天不咬他的钩，他一会换一个地方。我第一次感受到鱼咬钩的晃动，在钓上两条细细的条子鱼后，就继续充当摄影师去了。铁永的渔网虽然找回来了，但挂烂了，他只能独坐在一丛灌木前安静地垂钓。

傍晚的时光和河水一样，无声无息。晚霞在不知不觉中染红了河水，恍惚间，我竟不知他们在垂钓晚霞还是钓鱼，画面宁静而忧伤。回光返照般的辉煌真的只是一瞬，夜色加速弥漫，晚霞缓缓隐没，河面逐渐黯淡，河畔草深虫鸣。河对岸离得那么近，却又那么远。

蚊子多得出奇，跑儿的驱蚊罩只能管住他的脸不挨叮。忙乎了好一会，战利品依旧稀稀落落，才得知因为下午那场风波，我们再回来，已经错过了在潜流暗涌的额尔古纳河边垂钓的最佳时机。

终于，在天完全暗下来的时候，每个人都有了战利品，都是手指粗的冷水鱼。

只得三三两两打道回府。

那些鱼成了夜里的盘中餐，有人在笑问，谁分得出哪条鱼是俄罗斯的，哪条是中国的？那一霎，我突然想起，倘若那些鱼是俄罗斯的，它们是再也回不到故乡了。

在那个叫临江的小屯，在"阿丽娜之家"的深夜里，我从木刻楞踱到后院，额尔古纳河依旧寂静无声，河对岸一片漆黑，那条小鱼还躺在石板上，它同样也回不到它的故乡了。

我们通常漠视比自己更弱小的生命，为了一己之欢，往往会忽略它们的悲喜。在突感羞惭的刹那，界河边垂钓带给我的刺激与快乐，转眼就烟消云散了。

呼伦贝尔的长调与悲歌

无论是额尔古纳境内成片成片开得正好的油菜花，还是如影随形的额尔古纳河，抑或路旁不时呈现的白桦林，都让我目不暇接，更别提猛然遇上的牛羊马群了。

羊群在草原是随处可见的，有时，牛羊和马都在一大块草地上觅食，互不干扰。三河马、三河牛及呼伦贝尔羊，都是呼伦贝尔草原的主人。它们不时闯入游客的镜头中，已然对镜头无动于衷。蓝天白云下，它们懒得理会闯入的游客，或觅食或过马路，旁若无人；暴雨如注时，无处躲雨的羊群爆发出来的力量，在狂奔的时候才彰显出来。它们早已习惯说来就来的雨，反正，雨说走也会走。

草原上，还不时可见来自江浙的养蜂人和蜂房，他们是新一代的草原流动人口。便宜得不用掺假的蜂蜜，跟蓝天白云、阳光草场和牛羊马群一道，构成草原上不可或缺的亮丽元素。草原不再是当年部落间纷争的草场，早已成了无数海内外游客向往的天堂。

"天似穹庐，笼罩四野。"忽明忽暗的起伏山峦，百转千回的静默河流，河畔的村庄，穿越丛林去寻找月亮泡子的艰辛，公路上远眺的根河湿地，莫尔道嘎的森林，黑山头的落日，蒙古包里的烤全羊，甚至连灰蒙间看不清真面目的呼伦湖，扎赉诺尔博物馆厚重悠远的蒙元文化，都让我始终倾注着不曾失鲜的神往。整整六天，从海拉尔经金帐汗、恩和，沿界河往北，至莫尔道嘎，再折回黑山头走边防公路，经陈巴尔虎旗的北疆草原至满洲里，再往东，经大青山、呼伦湖，走301国道，回到海拉尔——这是我们的呼伦贝尔之旅。

为回报一路当向导的铁永兄弟，我写了三千多字的游记放在马蜂窝网站。可因着照顾方方面面，写得既不像游记又不像攻略，幸好有拍摄的照片弥补了这些不足。而这篇并不成功的游记被我的初高中同学欧阳看到后，还是催生了他浓郁的草原情结。三年后的2017年盛夏，他终于携公司十几个员工及亲朋启程，奔赴我描绘过的、也是他梦中的呼伦贝尔。

而他的抵达，却永无回程，是一曲任谁也不愿听到的悲歌。

刚抵达海拉尔，还来不及扑进草原怀抱的他，正值壮年意气风发的他，千里万里飞过去，因心梗骤然离世。我在千里之外的西安闻此噩耗，泪飞如雨。三天后，我赶回湖南，迎接他从海拉尔归来。归来的不是他的肉身，是一只沉默的骨灰盒和十几个到了海拉尔却没去看草原的人。

我一度自责，若不是我，他是否可能还活得好好的？若我没写呼伦贝尔，他不会跟着魂牵梦绕，不会阴差阳错地在彼时彼刻启程与抵达——有时，一道念想或者一个决定，都可能改变一个人的一生。那阵子，我心乱如麻，夜不能寐，自责充溢着身心，我的魂魄在好长一段时间飘忽不定。我开始对生命充满恐惧，担心着自己有一天也可能像欧阳那样，突然间再不能感受尘世间的点滴。

铁永的微信朋友圈天天发着呼伦贝尔的图片，让抵达又离开的我常常梦回呼伦贝尔。马头琴总在心头响起，长调也常从心里哼出，陪我一起看过草原的人是家人，这让我无比安心。但自从欧阳魂断海拉尔后，那些旋律不再高亢嘹亮，变得悲怆空茫。

我还是试图亲自谱出一支属于我的长调，在梦里，它优美而完整。梦里的呼伦贝尔，依旧是盛夏，欧阳一个人在草原上漫步，与牛羊对话，与蓝天白云一起飞扬，天地间传来不知是谁唱出的长调，有马头琴伴奏，时而欣喜，时而激情，时而深沉又时而悲凉。

后来，我学会了安慰自己，南人北相的他，谁说得准其祖辈不是来自草原？他真的很像草原的儿子，心比一般人宽厚，情比一般人绵长。人常说，呼伦贝尔是天堂草原，他真的永在天堂了。也许，魂归草原于他而言，是真正的魂归故里吧。他在那里，能够重逢无数游牧民族的英雄豪杰，能够遇到一个心仪的草原姑娘，他正挥着长长的马鞭，陪着爱人驰骋天涯呢。

呼伦贝尔，不仅是一块纯净的北国碧玉，不只是一幅绝美的画卷，更不仅仅教会人宽广与辽阔。比它更宽广与辽阔的，不只是它那史诗般辉煌的历史，更有生生不息的蒙古长调与马头琴声吧……

浅尝辄止响沙湾

年少时，我心中的沙漠是三毛笔下的撒哈拉沙漠，那里是世上除南极洲以外最大的荒漠，远在非洲，在三毛笔下却有了无比的诱惑力。当年学地理，也知道中国有广袤千里的沙漠，呈一条弧形带绵亘于西北、华北和东北的土地上。在我心里，沙漠、戈壁、草原，是年少时遥远的一个梦。

满以为圆梦的机会还很遥远，没曾想却在半梦半醒间，我来到了库布齐沙漠的东端——响沙湾。

响沙湾离鄂尔多斯市区很近，穿过杂草与矮树丛生的沙化地，便看到了黄沙漫漫的沙漠。还在路上导游便介绍，若是晴天，大家可以听到那里的沙子唱歌。那天天阴，无风。坐缆车进入沙漠景区，远远看到些在奋力往沙丘上爬的游客。我没法体会攀援沙漠的感觉，便学着一个少年甩掉租来的鞋套，赤脚踩在沙漠上，男孩望着我粲然一笑。他妈妈讲，哎，赤脚走路是舒服很多呢。是的，彼时沙的温度跟天气一样不温不火。仔细端详响沙湾的沙，黄色、细软，跟北海的银沙沙质类似。远处的沙漠悠远开阔,沙山起伏悠扬,不禁令人想起唐代诗人许棠的那两句诗:"广漠杳无穷,孤城四面空。"可惜我们只是匆匆的过客,终是无缘走进大漠深处,只能浅尝辄止地坐坐冲浪车,骑骑骆驼,也算是到过一回沙漠吧。

我在骆驼上哼着记不全歌词的《热情的沙漠》,沙漠沉默而温情地望着我;我想单手用相机拍下远处的风景,却担心一不小心被骆驼掀翻倒地。

身后紧跟着下一支驼队的牵驼人。他告知,你骑的那匹骆驼叫"一号"。心里正诧异着这个名字的由来,慢慢发现,"一号"一个劲地往前冲,似乎想跟前头那匹骆驼齐头并进,无奈驼队的绳子牵绊了它。往沙漠深处挺进时,还见着一队又一队没有载人的骆驼与我们擦肩而过,牵驼人骑在其中一匹骆驼上,落寞而孤单地返回起点。响沙湾的骆驼大都看似未成年,没有一匹高大威猛的,日复一日地在沙漠里载客,不知是否跟牵驼人一样疲惫与麻木……告别"一号"的时候,发觉它是那群骆驼里最好看的一匹,是不是它的名字因此得来?

骑了骆驼又坐沙漠火车,看沿途表演的蒙古族姑娘小伙,看"不毛之地"的沙丘,看稀疏的青草……

若西进库布齐沙漠,还有多少更别致的风景?大漠深处可会有传说中的海市蜃楼?

容不得我细想,冲浪车已经载着我们返回,去进行沙漠之旅的最后一项活动——滑沙。一个又一个游人被工作人员推向"万丈深渊",听到一声又一声快乐的尖叫,我打起了退堂鼓,却不知从哪里回返,只好硬着头皮坐到滑沙板上,戴上太阳镜,两只手插进沙里,任工作人员一把将我推下。耳边的沙沙声呼啸而过,无暇去辨别是风啸还是沙鸣,只紧闭双眼,期待快点落到平地。朋友抢拍到了我滑沙时狼狈的一幕。后来听说,滑沙过程也可听到著名的"响沙",可是对我来说,那样惊险刺激的场面,满脑子保命的念头,哪有心思去体会沙响的韵味呢。

贺兰山的南北寺

南北走向的贺兰山，藏着阿拉善第一大寺——广宗寺，六世达赖喇嘛仓央嘉措的灵塔供奉在此。相传他二十二岁那年被废黜，次年押解到青海湖时圆寂。但更广为人知的传说，则是他当年并未圆寂，在阿拉善弘法三十年，真正圆寂的时间是1746年。十年后，其心传弟子阿旺多尔济遵其遗愿修筑了广宗寺。

差不多半个世纪后，阿拉善王的儿子在广宗寺以北七十公里处的贺兰山腹地，兴建福音寺。

自此，一北一南，两两相望。福音寺得名北寺，广宗寺得名南寺。

2013年盛夏，我与南寺不期而遇。

本来是仨闺蜜去山西，阿拉善的文友邢云获知，极力邀请：湘妹子，老大说，你们到了太原，离阿拉善很近，你们一定要来一趟！

他说的老大，叫张继炼，时任内蒙古作协副主席，彼时刚卸任阿拉善盟文联主席。两位豪爽热情的阿拉善汉子，硬是将我们仨拉进了传说中的阿拉善。

内地人到阿拉善，必经银川。解放前，阿拉善由宁夏代管，解放初期还隶属过宁夏。银川与阿拉善，既是近邻又是血亲。血脉相连的两座城市，是连造物主都要怜惜的——贺兰山的三关口处陡然平缓、开阔起来，自古这里是巴彦浩特通往银川的重要通道。

因此，他们每次接人，都到银川接。

我第一次去阿拉善，懵懂也豪迈——在南寺寻得仓央嘉措的归处，意外；去腾格里沙漠冲浪，尖叫；去小天鹅湖不遇天鹅，遇雨，惊喜……我信誓旦旦地向老大承诺，回去，一定写一篇《走不出的阿拉善》！真到要落笔，笔头却流淌不出汩汩的语言来，令我沮丧很久。

写南寺？除了知道仓央嘉措与之有关，寺庙藏在贺兰山主峰巴音松布林西北麓，它是典型的藏传佛教圣地……我对南寺的了解，可谓一片空白。印象更深的是，从南寺往北走，不到三公里的路程。经过一座像毡帽的山，山南半山腰有一天然山洞，传说供养着吉祥天女。洞口外修着台阶与僧舍，挨着山腰，拉着长长的走廊。远远望去，又是一座悬空寺。在转角入口的开阔处，能远眺贺兰山盛景。

南方人在泼墨大写意画般的贺兰山面前，情绪很容易于顷刻间凝固，连心也顿时如铅般沉重。在异乡，乍见从没领略过的苍莽，是大气不敢出的，生怕怠慢。对面空旷处，更像连着的长长高台，那场景，后来在北天山见过。而高台远处，是连绵的山。可是，山那边是什么呢？

不铺开地图，我无从知晓山那边是沙漠还是平原。铺开地图，还是无从知晓。地图上南寺与北寺在贺兰山的腹部，不过是两个黑点。我望见的气势恢宏的"高台"，是东是西，是南是北，记忆已然模糊。

三年后的盛夏，我又去南寺，与两位鲁院同学，遇一帮新朋旧友。

那次从北京出发。

在悬空寺拍了不少照片，近景、中景和远景，同学波波显然被空无一人的悬空寺的气场震住了。当过电视台摄像的他，摄影时的专注神情里糅杂着惯有的纯真，他专等着经幡飘动时按下快门，我的素花长袍便在无数飘动的经幡中渐隐。听说在信奉藏传佛教的人们心里，经幡随风飘动一次，就是一次诵经，就是神正传达心愿，人们也在祈求神的庇佑。而我在经幡里的一次次回眸，早已融入贺兰山盛夏的凉风中。

去到任何地方，想回望，相机真是最好的工具。毕竟记忆的长河里，浪花一朵接着一朵，不经意间，有时连一朵都无从挽留。

在转角的开阔地远眺，近处的小敖包，远处的山峦，让我想起与闺蜜意达、格子当年的出游。多少次，我们约着再一次三人行，却因着各种原因无法成行。而每一次重走故地，总会想起同游过的人。恋旧的人，是否真是值得经幡帮着祈福的人呢？

再赴阿拉善，张老师说，这回我们不仅去南寺，还要去北寺，再住在北寺。

我们在北寺那家豪华的酒店住了两晚，和我同屋的是《散文百家》的苗莉老师。一晃，又过去两三年，苗老师的质朴与轻柔，总在我心头晃悠。更难忘的是，第一晚，我白酒红酒混着喝，散场回房间后，已然感觉把控不住，怕醉着，试图早早睡下，又辗转反侧，终是令苗老师替我担心了大半宿。

邢云与黄聪开车来看我和陕西的如水，四人在酒店大堂叙旧，我一遍又一遍为他们沏茶，沏从北京带来的早春古树滇红。

晚宴，曾谋过一面的阿拉善女中音"德德玛"敖登格日勒，再次献上了久违的敬酒歌。同学旻鸢跟银川朋友去沙漠深处探望他部队老战友，次夜归来，喝得有些手舞足蹈，拉着我和波波去欣赏他捡回来的宝贝石头。这块送我，那块送波波，瓜分着他来回千里的情意。为着那份热情，结业后我与波波将石头不远千里地背回了家乡。

写这些文字的时候，贺兰山在心里起起伏伏，他们在心里游来荡去。

北寺身处贺兰山国家森林公园，去寺后爬山，一览众山小。从湘西丘陵走出来的我，见惯了南方青山的秀丽，面对北方的山，就一个感觉：怎么跟北方的男人长一个样呢！

贺兰山南北绵延两百多公里，纵向划开了两个世界：西边大漠荒野，东边沃野千里。上苍真是一个大手笔的画家，画出西坡缓缓过渡到高原的苍茫，画出东坡陡峭成屏障的绝妙。

有二十亿年地质演变的贺兰山，由汪洋变为崇山峻岭，就像逃不出魔法的地球，有着太多沧海桑田的传说。而地球上更多的暗语，注定要跟人类捉着迷藏，激励着人类不断地探索。贺兰山只是诸多地质演变中并不特别出奇的一例，上苍把它打造成群马奔腾的姿态，在它身上安放着沟谷、云杉、油松、雪豹、岩画、寺庙和矿藏，也刻下无数历史的烙印。

于地球来说，亿年并不算漫长；而于人类而言，则是不可想象。几千年的人类史已算浩如沧海，而最多百年身的人，更自知是人间微尘。却正是这些"微尘"，创造了人类文明，还一代接一代地探寻宇宙的奥秘。

南寺与北寺，算是人类文明里靓丽的一笔物质存在；而于地球而言，也不过微尘。微尘里隐隐传来仓央嘉措的情歌，温暖着贺兰山，温暖着之后的世人。

两进腾格里

年少时，在地理书或者文学书籍里想象过沙漠，比如因台湾作家三毛知道撒哈拉沙漠，因地理书得知中国最大的沙漠在南疆塔里木盆地的塔克拉玛干。中年后，我才去过一次鄂尔多斯的响沙湾，那是库布齐沙漠的东缘。

见沙漠有喜悦也有惆怅。而多年前行走在一边是沙漠、一边是草原的鄂尔多斯的公路上，则是揪心的痛。当我于茫茫戈壁间的阿拉善公路上往腾格里沙漠靠近时，我的心情同样是复杂的。

去过两次阿拉善，可过去几年了，我只字没写阿拉善，是我不爱阿拉善吗？不，苍天般的阿拉善，油画般的腾格里，一直在我心里藏着。

在腾格里沙漠，我冲过两次浪，坐的不一样的冲浪车；观过两座湖，大小天鹅湖。

第一回坐的是沙漠专用吉普，司机是蒙古汉子，乘客是闺蜜意达、格子加上我及东道主张老师。

那一回，腾格里沙漠始终回荡着格子的尖叫声，乃至于三年后再去，她的声音好像仍在沙漠里回荡。

进沙漠就遇到一场突如其来的雨，便在小天鹅湖边空荡荡的游客中心躲了十几分钟雨。张老师说，呀，湖南妹子是雨神，这一来来仨，难怪雨这么大！沙漠里一年到头见不到几场雨的。

雨下得有些不歇气，看到雨小了些，我们赶紧往湖边跑。天阴沉沉的，湖水是灰的，找不见天鹅的踪影。张老师说，天鹅每年春秋两季在湖边栖息。那次忘了问，天鹅冬天会南迁，夏天在哪？

小天鹅湖边有一片过了花期的马兰花，马兰花的外围是一片沙枣林，我们去的时候，既错过花期，又没到果期，只记得那些灰绿，在沙漠的湖边蓬勃着生命的张力，若没看湖对面的沙漠，我差点忘了身处腾格里。

为啥腾格里沙漠里有湖？关于沙漠湖泊的形成，走马观花的游人是无从探知的，也或者，他们不必知道每座湖的前生今世，只需记住当下。

譬如彼时，我们看到的是没有天鹅的小天鹅湖，花期已过的马兰花及沙枣树。

雨停了，去冲浪。司机在沙漠里娴熟地呈 S 形翻越，远远地，就能看到前方深深的车辙。眼前偶然掠过星星点点的梭梭树及唤不出名的沙生植物，还来不及看清楚它们的样子，就翻越到另一座沙丘了。去之前我了解到"沙漠人参"肉苁蓉寄生在梭梭里，还听说梭梭的种子只有几个小时生命，可是只要有一点水，在两三个小时内便能生根发芽。那么，之前的那场雨，足够无数梭梭的种子在沙漠里扎根了吧。

在一处不长植物的沙脊上，司机将车停下来，让我们沿着沙脊走向最近的沙丘。沙漠仿若知道我们来自江南，没有大风起，没扬起沙尘。刚下过雨的沙漠，显得安静温顺，似被风吹起的黄缎子一般，延绵远方，望不到头。

置身沙漠，天地间一股肃穆的气息登时弥漫开来。当地谚语说"登上腾格里，离天三尺三"，表达的大概就是当地牧民对沙漠的敬畏之情了。

回巴彦浩特镇的路上，格子意犹未尽，想开车，她从没在这么平整笔直的公路上开过车。结果一路飙车的她大呼过瘾，回家即成诗几首。而我安心坐在后排，看着车走出沙漠，经过戈壁，再回到巴彦浩特。

再进腾格里，坐的是卡车冲浪车。十几个同伴，坐在空荡荡的卡车上，我想起那年的沙漠吉普以及闺蜜同伴来。

卡车冲浪更刺激，刺激到须得抓紧前排的后靠，才不至于前俯后仰。走的路线也非当年的路线，算是向沙漠深处行进了。

据说腾格里沙漠是流动沙丘，隔了两年，沙丘改变当年的模样没？

卡车冲浪车将我们带到了大天鹅湖。张老师说，沙漠里大大小小的湖泊很多，许多重名的，你没必要去深究它们的蒙古名。

沙漠有湖的地方，就有绿洲或湿地；有绿洲，就有蒙古包、牧民与牛羊马和骆驼、骡子，还有天上的飞鸟及沙漠腹地里的野兽。有人说，一汪湖，一个沙窝，便可以孕育一个长长的、关乎生命奇迹的故事。

阿拉善的蒙古族，主体起源于阿拉善和硕特部和额济纳土尔扈特部，其中和硕特部源出成吉思汗之弟哈布图哈萨尔之后。因生存环境的恶劣，他们铸就了坚强豪放的性格，逐水而居，与天抗争，比草原牧民更艰苦，其气质必定更强悍，大漠游牧文化也别有风韵了。

在大天鹅湖，也没见到天鹅。盛夏的天鹅，到底去了哪里？有人说去了西伯利亚。说腾格里的湖泊，只是天鹅每年往返南北时路过的驿站而已。

下午的阳光稍显和煦后，我们跃上湖附近的沙山。在高处俯瞰天鹅湖，跟在近处看是不同的感觉：湖面呈带状，湖边布满沙枣树，蒙古包区域遍生过了花期的马兰花。我只能在蓝色不再的马兰花前，揣想它们绕湖盛开的场景。

身处沙漠中，其实也像置身生命的长河里。若只注意近处的浪花，必然领略不到长河赋予的种种悲欣；但不从微观，又如何感受每棵植物、每滴水的细微变化？

在数不清的岁月里，在干旱与风的步步紧逼下，沙漠里剩下了这些被人们誉为千年"泪珠"的湖泊。而听说沙漠的东南端，有黄河缓缓而过。

不是每个抵达过腾格里的人，都有机会穿越整个大漠。去到任何一个广袤之地，往往只能一窥其中几处，只能寄希望于在抵达的细微处，寻到其真正的灵魂。于是，我宁愿不在沙漠里冲浪，宁愿领略不到"长河落日圆"的壮丽，唯愿飞播在沙漠的沙生植物种子落地生根，早成绿洲，阻挡住漫漫黄沙恣意的脚步，让晶莹了千年万年的沙漠"眼泪"永不干涸。

南疆与北疆

我对新疆的向往，并非只是内地人对边疆的向往。更重要的原因是，我嫁给了一个新疆生新疆长的湖南人。他离开新疆也已经三十五年了。那年他们举家南迁，回到了湖南老家。他告诉我，哺育了他十三年的地方，叫巴音郭楞蒙古自治州农二师三十二团。他不记得具体小地名，只记得离库尔勒和罗布泊很近，因为当年彭加木失踪时，他父母还参与寻找。今时网络这么发达，我查到了三十二团的准确地名，团部设在尉犁县乌鲁克镇，居塔克拉干沙漠东北边缘，塔里木河的最下游。而农二师早已易名第二师。

他家人素爱西红柿炒鸡蛋，须放青椒，红黄绿搭配得煞是好看。我们结婚时，他母亲还为我们准备了刚弹出的新疆长绒棉棉絮，说是当年坐火车返湘时带回的。一方水土养一方人，他长着深凹的大眼睛，高挺的鼻梁，猛一看还真有几分维吾尔族人的气韵。

有一年我俩去居住的城市中心市场买东西。看到市场门口的羊肉串，我想吃，他就学着维族的口音跟卖羊肉串的男孩套话：你是南疆的，还是北疆的？男孩吃惊地把目光从正烤着的羊肉串上移到他的脸上，以为遇到了老乡：北疆的。你呢？他莞尔一笑：南疆的。

我恍然大悟，南北疆以天山为界呀，学中国地理知道"三山夹两盆"，天山确实在中间。他口气很坚定，是的，有机会带你回新疆！这句话他说了很多年，终究只是一句话。于是，在我心里，遥远的新疆只是地理书里的新疆，是吐鲁番的葡萄哈密的瓜，是维吾尔族的歌舞哈萨克的冬不拉，是和田美玉天山雪莲，是戈壁沙漠绿洲的西域，是有楼兰姑娘的古丝绸之路，是戍边垦荒的兵团将士，是八千湘女上天山……

我将受邀去新疆采风，忍不住跟他炫耀：你还不带我去新疆，我自己要去了！他淡淡一笑，剑眉一挑：去南疆还是北疆？我说，博乐。他说，噢，那就是北疆。北疆好，自然风光无限，有草原和牛羊，还有赛里木湖。南疆以农耕为主，就像我们团，那时多种棉花与香梨。

我知道他内心挥之不去自己的出生地，塔里木河的下游，南疆。而对我来说，整个新疆，都是陌生神秘的。王洛宾的音乐、电影《冰山上的来客》里面的插曲，都曾催生我遥望新疆的情愫。

组织这场笔会的武老师问我，返程时你还打算去哪？我想到了当年为爱出走阿克苏的华妹，想到了有人说过，去新疆一定得去喀纳斯。就问，喀纳斯湖远不远？阿克苏远不远？

他回答，以乌鲁木齐为中心，新疆最近的城市都距离五百公里，动辄一千公里。喀纳斯在北疆阿勒泰，离乌鲁木齐八九百公里。阿克苏在南疆，也有一千多公里。

我便明白，这一趟我可能去不成喀纳斯湖，去不成阿克苏，更去不成先生的出生地乌鲁克。

乌伊公路南侧的北天山

　　时差让我们深夜还在乌鲁木齐街头晃荡。花样百出的馕，各式各样的瓜果，令人大开眼界，大家相约一定要带点馕回家乡，后来都食了言。

　　来不及看清楚乌鲁木齐，也等不及跟我的鲁院同学李丹莉见面，次日清晨中巴车就载着我们往西，不，准确地说，往西北开拔。连霍高速（乌伊公路）跟所有的草原公路一样笔直开阔，不由得使我回想起和格子、意达去阿拉善的往事。格子在巴彦浩特至腾格里沙漠的公路上飙了一回车，连呼过瘾。自由驰骋、纵横天下的感觉，后来在她的组诗里表达得淋漓尽致。

　　中巴左窗是逶迤西行的天山，与公路之间，时而是荒漠，时而是绿洲，时而是耕地，时而冒出一条浅至随时撒开脚丫奔向远方的小河。远方在哪，我不知；小河流经哪，会不会与别的河交汇，也不知。天山东起哈密的星星峡戈壁，西至乌兹别克斯坦共和国的克孜勒库姆沙漠，东西绵延两千五百公里，光新疆境内占至四分之三。

　　去博乐，便始终有天山伴在左侧，即南侧，隔着山前平原，也即准噶尔盆地的南缘。荒漠、绿洲、河流、耕地、向日葵、白杨树轮番轰炸我的眼睛，我想起了武老师说的，新疆地域辽阔，新疆人的心也因此大气爽朗。想想还真是有道理的，视野开阔，胸襟也就成正比了吧？我出生在丘陵地带，性格难免带着南方人的小心眼。但这些年，我不停地行走，看海，看大平原，看大漠……久而久之，心也开阔大气起来。

准噶尔盆地的古尔班通古特沙漠，塔里木盆地的塔克拉玛干沙漠，挟持着天山，一南一北。千里万里跋涉至天山北坡的北冰洋及大西洋的水汽，令迎风坡得水，山脚往上数，依次呈现草原、高山草甸等，坐拥上好的云杉与针叶林等植被；而天山南坡，哪里的洋也递不来"讯息"。背风坡之地形与北坡比，平地的荒漠往上，只能是荒漠草原、干旱山地草原、山地草原、剥蚀高山及积雪冰川。

拥有诸多支脉的天山，远看大同小异，近看各具风情。无论是与哈萨克斯坦搭界的阿拉套山，赛里木湖南畔的科古琴山，还是蜿蜒西行直奔赛里木湖的婆罗科努山，都属于北天山。

民族融合的博乐

若非在一座大敖包前喝到了接风洗尘的下马酒，若非女歌手一曲接一曲的蒙古民歌助兴，我真怀疑抵达的城市不在塞北，而在江南。时间早已指向深夜，华灯仍不肯睡去，光影倒映在博尔塔拉河里，吱呀呀的筒车、欢快的博尔塔拉河，跟博乐的友人一样好客。

古丝绸之路上通往中亚和欧洲的这座北疆重镇，早在唐朝即有了"双河都督府"。公元十二世纪时，它的身份是西辽国的"勃罗城"，直至1920年，始称博乐。今为博尔塔拉蒙古自治州的首府，也是新疆建设兵团农五师（第五师）师部所在地。

哪一座城市的变迁，民族的迁徙，战争与和平，不尽在悠悠的史册？博乐风云变幻的往事，也如新嫁娘的盖头，得缓缓揭开。

接风宴上的蒙古歌舞及水酒，蒙古元素的各种菜肴，就连偶遇的蒙古婚礼，都准确无误地标明这座城市的身份。市内的州博物馆、镇远寺，贝林哈日莫墩乡的荷园和粉色长绒棉花朵、成片的万寿菊、向日葵，都争先恐后地为博乐添光加彩。

原本音译的博乐被定位"博爱之城,乐彩北疆"。近邻伊犁早有"塞上江南"的名头,同样坐拥草原、湖泊、高山草甸、历史人文,更独有怪石峪的博乐,瞅着大家庭的哥哥姐姐都崭露头角,她也不甘落后地崛起为北疆的新兴旅游城市。

我的鲁院同学西洲见我和同学海燕到了博乐,几次三番诚邀去她的伊犁。我也极想去看看她和她新生的宝贝,我甚至设想了在薰衣草的海洋里怎样与西洲重逢。那日自赛里木湖返经果子沟大桥,要先上一段通往伊犁的高速,当地的武老师提醒,这一路走下去,就到了你同学的伊犁了。我想想,后面还有几天的行程,还有我没来得及去探访的风景,我如何敢撇下大部队单独行动?成都杨献平恐怕也跟我同样的想法,最终也没见着他的伊犁同学。

冥冥中,我总感觉还将有大把机会去新疆,不管是西洲,抑或笔会上的旧友新朋,不管是喀纳斯湖还是南疆,都能一一相逢。

成吉思汗西征军的后裔、清代西迁成边的察哈尔八旗官兵、自伏尔加河东归故土的土尔扈特人组成了博尔塔拉州的蒙古族。博州的蒙古人自元代起信仰藏传佛教。镇远寺的转经筒,也就与我去过的许多寺庙一样。土尔扈特人东归时,令乾隆皇帝龙心大悦,诗赞"终焉怀故土,遂尔弃殊伦",并妥善安置;举国上下为东归壮举所感动,纷纷解囊资助;察哈尔人也给予兄弟般的相帮。西征、西迁、东归,这些字眼都有着难以言说的张力,略略了解,就发现了一部惊心动魄的博尔塔拉蒙古人的历史。而我,也下决心要成为一个热爱历史的人。

而汉人,在博州还是占了很大比例。唐显庆二年(657),为平息西突厥阿史那贺鲁战乱,朝廷遣伊丽道大总管苏定方率军征讨阿史那贺鲁,汉人开始扎根博州。西辽时期,在勃罗城南守铁木儿关(今赛里木湖南岸松树头)的也是汉族。自乾隆二十年起,清政府开始组织大规模移民,守边垦田。新中国成立后,兵团进驻,内地人自大江南北纷至沓来,使得汉族人口激增。进驻博州的是中国人民解放军一野一兵团六军十六师，即后来的农五师，现在的第五师。

乾隆二十五年（1760），博州有了自南疆迁来戍边垦田的维吾尔族。这个热情的民族，多以农耕为生，主食依旧保持游牧民族的习俗，这点与哈萨克族相似，就是我刚到乌鲁木齐品尝到的馕、手抓饭等。

原本生息在新疆北部及中亚草原的哈萨克族，于1883年由黑宰部落率三千多户迁入伊犁及博州。这个逐水草而居的游牧民族的奶茶、毡房、冬不拉以及夸张幽默的传统舞蹈，都给我们留下了深刻印象。

唐宋时期自阿拉伯、波斯来华的使臣、学者和商人以及蒙元后涌入的中亚、西亚穆斯林，构成了回回民族。清初时，回民多居乌鲁木齐、昌吉、米泉等地，清末时则遍布全疆。博州的回族已逾万人，使用汉文。居农村的，依旧农耕；居城镇的，则多经商或从事饮食行业。

博乐是多民族融合的北疆城市。蒙、汉、维、回及哈萨克等三十多个民族和谐杂居，遍地青山绿水草原，到处瓜果蔬菜牛羊。在果子沟大桥前的公路上摄影时，遇到几个维吾尔族游客，一问，博乐人。他家十岁的小姑娘美得像当红明星古力娜扎，邀其合影，她非常热情地配合，还主动搂着我，像久别的亲人。她家的大姑娘已是丰腴的美人，中年妇女不知是否是家中母亲，已经开始发福，眉目间看得到当年的风姿。我去公安部开文代会，结识一位青春靓丽的维族舞蹈演员，双目含春，神采飞扬。我打心里喜欢维族女孩的异域风情，问，能跟你合影吗？她说，好啊！立刻搂住我的腰，亲密合影。那一刻，我想起了果子沟偶遇的"小娜扎"。小娜扎，我们还能在博乐的街头偶遇么？

七月的库赛木奇克与赛里木湖

　　从博乐沿省道南至连霍高速，西行不久在岔路口下高速，拐入左侧的婆罗科努山。我和南疆的作家佩红姐跑到山前的戈壁滩捡石头。刚到博乐，便被带去参观奇石市场，得知博州境内的北天山有一种奇石，带青瓷釉面的光泽，更似浓墨彩绘的画，故名"天山青"。我们妄想亲自捡到天山青！本地老师提醒我沿着干涸的河床捡，我才留意到那个石头沟竟然是河床。

　　只有在新疆才能见到这么多断流的河床！窄而浅的河床里堆满石头，不动声色地躺在山前平原上，唯剩荒原稀疏的梭梭草和乱石终日陪着。若非石头大抵光滑圆润，真不敢想象那里曾有河流。雪水源源不断注入时，河床不会过分眷恋流水，当某一天彻底断流，河床此后的悲伤显而易见。

　　在新疆，无数小河汇入大河，却基本到不了大海，只有额尔齐斯河注入了北冰洋。其余的大河，不是注入内陆湖，就是流入大漠——这多像人的一辈子，命运推着你跌跌撞撞前行，一些人能奔向大海，一些人终抵大漠。相同的只是，任谁都无法重新来过。

彼时，天空的蓝躲进昏暗的云里，婆罗科努山看似冷漠地俯视着荒原上的河床。天空与群山是河床自丰盈到消瘦到干涸的见证者，谁都无力与上苍抗争，谁都是眼睁睁看着曾欢歌笑语的小河弦断曲终。谁不希冀流水鲜花水草的环绕，谁不盼着终日有牛羊马群牧民毡房炊烟的陪伴呀！那一刻我竟有些难过。苍山无语，天地无声，我的脑海里浮现陈巴尔虎草原上九曲十八弯的莫尔格勒河——那是我终生难忘的呼伦贝尔！如果北天山的山前平原河水不断流，那么，牧民便无须一年转很多场了。

越野车一会在山脊上穿行，一会落到了山谷。两侧的高山几乎寸草不生，荒芜得让人心酸。山路扬起的尘土已经在窗外弥漫。这就是天山？惆怅还在心里，车已开到一处相对开阔的高山草甸。车停，风大。零星的马兰掺杂在黄绿色的草丛中，一簇簇长得略高的草已非盛年。我曾去过湖南的南山牧场和重庆石柱的大风堡，那里生机勃勃绿意盎然之时，这里俨然早秋。

羊群在斜坡上不慌不忙地觅食，它们都懒得抬头看，或许早已习惯闯进山的外人。草甸尽管有些荒凉，我们还是兴奋地合影。马兰花被风吹动，被人惊动，天空的蓝渐渐拨开白云露脸。

车继续穿行在库赛木齐克，在一大片平整的缓坡地带停下来。我们脚踏着黄绿毯子裹着的山梁，近处像大海泛着清波，远处的群山呈青黛色，远远能瞥见山顶的积雪。有时，一道阳光似一束舞台追光，突然打到近处，光影中的草甸便顿生神秘的气场来。

再行进至碎石遍地的河谷，周围开始出现石山。山腰以上几乎看不到绿色，尽是蜂窝状，只有山脚的一点点绿，是草原漫上去的，像给山裹羞的圆点裤衩。石山不知经过多少岁月洗礼，才成就似外星人来过的模样。空寂的山谷，只有流水的声音远远地袭来。

我不知那条小河的名字，打哪来，往哪走。草原河流大抵如此吧——河床浅到一览无遗，河中间裸露出浅滩，尽是大大小小的石头。河岸上是河谷草原，也有石头零星散落。这样的河是淹不死人的，与其说是河，更像南方的溪，但溪更窄，没这样自由随性。

　　河对岸有我不认得的树木，姿态从容。未入秋，我辨不出那是否胡杨。岸上、河里甚至河滩上，都七零八落着几棵只剩躯干的胡杨。人说胡杨三千年不倒，这几棵胡杨缘何倒在河滩上，是被哪一场山洪冲倒，都无人告知。胡杨的种子在盛夏洪水漫溢时成熟，种子带冠毛，在河两岸的河漫滩或湖泊的浅滩随风飘散，并迅速萌芽、成长，加之一些似侍女的伴生植物，组成带状或片状的森林群落。也有人说，胡杨真像不负责任的母亲，任由子女散落天涯。我倒觉得她是伟大的母亲，她不要求绕膝承欢，她放子女随风随性，终成荒漠河滩上的天然防护林，这需要多么博大宽厚的胸怀啊。

　　各种元素交错的风光，大概是库赛木齐克的特色吧！它有本事让人的心情在很短的时间内起起伏伏，才悲又喜。

　　计划中的路线，是穿越毗邻的科尔古琴山，见到水草丰茂繁花遍野的萨尔巴斯套草原，再抵达赛里木湖南岸。可一场大雨使得我们与萨尔巴斯套失之交臂，只得原路返回出山，再上连霍高速，抵赛里木湖东门。

　　车沿环湖公路往北，赛里木湖，梦中的赛里木湖终于在眼前了！

　　若非四面依稀可见的北天山支脉，我真恍惚回到了厦门鼓浪屿。南面的乌云低低地压了过来，科古琴山的雪松隐约可见；正东面呢，棉花般的云朵正在天际间踱步，呼苏木其格山顶有隐隐绰绰的雪；而西面，听说叫别珍套山。天山并非紧挨着湖，湖是在草原的怀里静静卧着，澄澈透明得如同处子，而初夏的繁花在盛夏只剩传说，仅剩几款晚开的花。

　　湖边那几块大礁石，不知是湖本身的，还是从别处搬来。杨献平和导游小妹勇敢地冲上礁石拍照，一张照片还没拍下来，他们都湿身了！见过太多的潮涨潮落，没谁像赛里木湖东北岸的浪这般出其不意，爱恶作剧。

离疆两个月后的早秋，我乘坐"盛世公主号"从上海至日本长崎。一觉醒来，已至公海，无台风，风不高浪未急，看不到海岸线。站在栏杆边近观海水，除了轮船乘风破浪时掀起的白色浪花，海水碧绿、深沉而洁净。一望无垠的海面令我恐惧起已至的盛年。那一刹那，我格外怀念七月的赛里木湖。草原、牛羊、毡房、野花，以及有森林与积雪的北天山，变幻莫测的湖蓝，皆生满满的存在感。

本地摄影家建议直奔西南岸，说环湖一周，西北岸有成吉思汗的点将台，西岸有天鹅栖息地和西海草原。可惜花期已过，不如去"克勒涌珠"。

"克勒涌珠"，是哈萨克语"源源不断的泉水"的意思。车到西南岸的克勒涌珠，车门一开，飒飒寒风扑面而来。我们几个顾不得衣衫单薄，直奔栏杆的木质栈道。临近湖边，见到了湖岸草原里渗出的泉水，小武用矿泉水瓶子接了一瓶，我则用泉水洗了下手。听说赛里木湖并无大河注入，流域内亦少冰川和永久积雪，靠的是雨水补给和地下涌泉。海拔高，蒸发和渗漏少，始终保持一颗丰盈的心。

我们仨在风中沿着栈道往前奔，沿着细长的湖滩，信步入湖。湖底细密的卵石清晰可见。我忍不住将脚伸进清浅的湖水，像是回到了纯真的童年。直到刺骨得冷，提醒我这里是新疆海拔最高的冷水湖。

两位老师远距离地拍着我们，仁杰修长的背影映衬着狭长的湖滩，小武年轻的面容在湖滩上灿烂，唯有我的身影略显寥落。阳光在湖面上雀跃，深邃、清浅且忧愁。湖蓝在阳光中不停换着衣裳，远处，近处，深沉的蓝，轻盈的蓝，忧郁的蓝，交替着呈现。在阳光的轻拂下，在萧瑟的冷风中，我眯缝着眼睛，静享属于自己的片刻安宁。

湖面上无一叶舟，更无游船，镶嵌在北天山的"净海"抑或"蓝宝石"，果真都不是浪得虚名。

那一刻起，我不再心心念念着入疆前神往的喀纳斯湖。

戍边者的乡愁

那天下午,本是要去哈日图热格国家森林公园,不知何故,中巴车在哨卡上未予放行。武老师让大家在归途的一河谷就地休整,我又怂恿着他去捡石头。他摇摇头:你们呀,光记着天山青!

我和顾梅紧随着武老师,另外几拨人也在河那头全神贯注地"寻宝"。依旧是浅水,浅到河床里的石头历历在目,可能真有些像我在尘世间的样子。济南的王川几次说我是一个透明的人,我想,会不会真因我浅如草原的小河,谁一眼都可以洞穿我?人到中年内心清澈透明,未必是坏事,我总是这样安慰自己。

石头聚集的河岸无疑告知,河流也有丰腴的时候。岸边的胡杨三三两两,各自抱团。也有死去的胡杨躺在河滩,变成不朽的枯木。

蓝天被厚重的灰云遮住,偶露出一点蓝。往山里望,远山裹着灰绿的毯,细腻温柔;近山则是偶露峥嵘的石山。只有山脊上刻着墨绿的针叶林,远远望去,像护林的一排排哨兵。

出山后的原野全无盛夏呼伦贝尔大草原的绿意葱茏,我不知那算不算草原。中巴车依然停下来，让大家去原野上吹吹风。草地上只剩稀稀拉拉的沙柳，略显苍茫。只是对于内地人来讲，置身大片草原，哪怕是荒原，也是快乐的，何况和着一堆志同道合的文友。

明朝的蒙古，分为瓦剌与鞑靼两部，清代时分裂为漠北、漠南和漠西三部。漠北指今蒙古国，漠南是内蒙，漠西则指新疆。只是明清时的漠西蒙古准噶部叛乱，被乾隆平定后，新的漠西蒙古早已发生巨变。

骁勇善战的察哈尔曾是成吉思汗的护卫军。到了1762年4月，一千名察哈尔八旗官兵成了头拨西迁入疆戍边者，他们自内蒙古扎噶苏坦淖尔出发，历时一年才到赛里木湖畔。等第一批将士到了赛里木湖，新的千名将士在一个月后又从内蒙开拔，历时一年，抵达赛里木湖畔。察哈尔官兵驻守湖东岸时设立鄂勒著依图博木军台，即三台，使得赛里木湖又名"三台海子"。

那年在贵州安顺，我接触过屯堡文化。调北征南，调北填南，戍边将士、随迁家属、谋生商人，从富饶的江南远赴西南边陲，谱写了一部壮丽的戍边史。我曾在《茉莉花》的小调里，望见六百多年前的大明将士及其亲人，也望见了他们的乡愁。后人回不到故乡，顽固地保留故乡的习俗，家家户户保存着族谱，女人们至今着大明汉服，盘着大明的发髻，只为不忘故土，不忘根脉吧。

新疆的戍边史更为波澜壮阔。从古至今，数不清的将士远离故土，在广袤无垠的大漠边关保家卫国。更多的内地人早把新疆当故乡，兵团二代、三代，已融入新疆的角角落落。

年深外境犹吾境，日久他乡即故乡！

西迁察哈尔蒙古人后裔今时多定居在小营盘镇的明格陶勒哈村，村子保存了诸多内蒙古习俗，跟南迁的大明后代一样，皆因挥之不去的乡愁。村子除了西迁蒙古后裔，还有不少哈萨克族后裔。不远处的阿拉套山北坡是哈萨克斯坦，国境线在博州境内达数百公里。这些蒙古人与哈萨克人，多少年来，始终与戍守的边防兵一道，靠着勤劳智慧，靠着心中的信念，无怨无悔地守卫着西北边陲。

乌达木牧家乐里有一座气派干净的蒙古包。残阳如血时，年轻的哈萨克妇女抱着婴孩出现在蒙古包前，杨献平看到格外开心，一把搂过孩子，孩子竟不认生，还冲着他猛乐。他当夜写了一首《在哈日图热格抱一位哈萨克婴儿》，其中几句格外柔软深情："我抱她的手臂柔软／如云朵，她在我怀里／我咧嘴笑，一如抱着自己的儿子／那是多么好的当年！"

蒙古包左侧的平房里传来嘹亮的歌声。透过纱窗，几位壮年正举杯畅饮，其中一位在高歌《在那遥远的地方》。我们听得入神，被正巧出来的维族汉子热情相邀，他说自己是州歌舞团的，在此驻村。包头的李亚强经不住劝，真进屋喝酒去了，我则哼着歌回到蒙古包。

蒙古包里歌声悠扬，佩红姐正带着大伙随歌起舞。我想起儿子艺考的那支蒙古舞《摇篮曲》，分外想在蒙古包听一听。当贺西格的马头琴《摇篮曲》回荡在蒙古包，陶醉在舞姿里的人们，也暂且忘记来处了吧？！

说起跳舞，还得提提来自重庆的刘建春。高高瘦瘦的刘老师斯文腼腆，但每次被拉入舞场，其文人气质顷刻彰显。哈萨克姑娘在包厢献舞的那晚，大家把刘老师推了出去，他忸怩了片刻，便跟姑娘纵情对跳起来，引得几位文友情不自禁地融入，连王川也摇头晃脑地舞蹈起来……

晚饭前，一部分同伴去村里散步，公路两旁是齐整整的蒙古包或民居。有几个同伴已经走得很远，我们追不上，干脆折进村道的沟渠边。原野无涯，隐见青山，不知道他们可否想起各自遥远的家乡。再随意走进一家民居，正逢一位哈萨克老妇出门，大家围住她合影，她也不恼。

院子里，一辆小汽车，几株结满果的杏树，铁丝网上晾着的衣裳，配上西空的火烧云，不禁令我想起额尔古纳河旁一个名叫临江的村子。

都是边境线上的村落，都是血色黄昏，都是刻在心头擦也擦不去的痕迹呀。

阿拉套山下的察哈尔人家，宫殿般的蒙古包，盘腿坐在地毯上吃奶酪和奶茶的我们，举杯痛饮的同伴，"群魔乱舞"的人们……都定格在明格陶勒哈村静谧的夜晚。

怪石峪的佛

　　怪石峪位于博乐东北的阿拉套山腹地卡浦牧尕依沟，沙拉套山的山麓。武老师说，怪石峪紧傍亚欧大陆桥第一关——阿拉山口岸，与之仅隔二十六公里，距准噶尔盆地里的艾比湖三十公里。

　　我问，会不会安排去趟艾比湖？他笑道，这几天行程太紧，下次吧。

　　好吧，那我就安心去探访这个被哈萨克牧人称为"阔依塔斯"的地方，看看石头是否真像羊一样。

　　站在怪石群跟前的一堆人，发出惊呼声，我也仿若被一种神秘的气场拽进了与烟火尘世截然不同的世界，茫然不知身在何处。这里"天狗望月"，那里"小象汲水"，还可以轻易就找到神龟、老鹰或者鳄鱼……这哪里只是些像羊的石头？一时间，我困惑了，什么时候涌进过一群雕塑家，把这里雕成了一座野生动物园？

　　童颜的子茉端坐在上山的石路上，任我们拍照。那份安静与纯美，令我恍入仙境。沿途一不小心触碰便会令皮肤红痒的荨麻，唤不出名的野花红果，长着苔藓的怪石间见缝插针的绿色植物，像无数调皮的孩子互相躲着猫猫。它们的存在，又携我重返人间。

我想起了喀斯特地貌的云南石林。石灰岩初起大海中，地壳用匪夷所思的大动作，豪迈地书写了一部三亿年的地质传奇。自小知道云南石林，是因着一部杨丽坤主演的《阿诗玛》电影。怪石峪也有传说，却恐因长期是阿拉套山腹地的隐者，不为人知，直到有一年被牧羊人无意间发现，才一传十，十传百，牵引越来越多的外地人来此寻梦。

所谓峪，即山谷，是山泉溪流切割出一道又一道的山谷。

二亿三千万年前，此处尚是海底，火山的爆发使炽热的岩浆迸发成花岗斑岩。再一场一亿九千万年前的地壳运动，又令斑岩在冷却的过程中裂出诸多原生立方体节理，日后成了风化侵蚀的突破口。整石逐渐四分五裂，球状风化继续深入，终成怪石峪的"飞来石"。

昼夜也好，冬夏也罢，极大的温差造成了热胀冷缩。长石和云母也来凑热闹，它们玩水解腐蚀，使得斑岩表面逐渐疏松，又经一场场躲不过的暴雨，令岩面凹进去，而松散的岩屑已然由不得自己，一阵强风便可掠走它们⋯⋯

如此反反复复，千锤百炼成今日的怪石峪。

最难忘山巅上端坐着一尊佛，那是上苍翻云覆雨的一双手才成就的一尊佛。他俯瞰众生，满目温情。众生抬头望，自能感知佛的慈悲与威严。

我顶着正午的烈日爬上蜿蜒而上的石阶，原本为了走近那尊佛。

等我走近佛，发现已经早看不到他的正脸，只能与一干文友紧贴着佛的身，想听听佛的嘱咐。

远处群山起伏，近处流水潺潺，牛羊在原野上吃草，花木各自安生。遗世独立的怪石，散落在卡浦牧尕依沟，这里俨然圣地。

夏尔希里之梦

途经博乐市小营盘镇的明格陶勒哈村，再经哈日图热格，最后经过一大片山前草原，便到了位于阿拉套山南坡的夏尔希里。

在新疆任何景点，都得下车接受人证检查。夏尔希里原为军事禁区，1998年才由中哈两国争议领土正式划归中国国土，迄今为止，进入此地都得特批通行证。过第一道关卡时，我发现新兵蛋子里有一位长得格外英俊，戏谑，你不去当演员可惜了！他腼腆地一笑：那您给推荐推荐。

我不知那些兵来自哪，有些可能比我家孩子还小。日夜守护边境线，他们也逃脱不了日复一日的孤寂吧！身处内地的人，和平年代的人，夜夜笙歌时都很难想到，我们的安宁真是靠无数驻守边关的军人用青春和热血换来的。

方才还是灰黄的荒原，一进山，便宛如进了世外桃源。层层揭开的秘境面纱，已让同车的几位诗人的诗情在心头乱蹿。离开夏尔希里时，王川蹦出了佳句："越是危机四伏，越是美得想哭。"现在回想起他的神情，格外理解了"危机四伏"的意蕴。那是平原人对山路十八弯的恐惧，是预知到黑夜来临时野兽可能出没的惊心动魄。而懵懂的我，彼时浑然不觉。

经过柳兰遍布的一道山谷，车停下来，就地解决午餐。馕、西瓜、熟食与水，大家有滋有味地分尝着。餐后，垃圾被小心装进大塑料袋里，再放回后备厢。

右侧是铁丝网。网那边就是哈萨克斯坦共和国了。哈萨克斯坦的野花比这边开得更浓密。中方修整了盘山公路，虽然不能随意出入，也总有人进山。大部分人忍不住都会扒开及人高的紫色柳兰去铁丝网边站站、瞅瞅，久而久之，还是避免不了践踏一些花草。

我们几个调皮地把手伸向铁丝网外，笑曰，出国了！

当年在呼伦贝尔，隔着一条额尔古纳河，便可偷窥对岸的俄罗斯姑娘下水游泳，更能远眺对岸寂静的村庄；也曾在临江的界河里偷偷钓鱼，对岸的草原连同晚霞映照在界河里，如浓墨重彩的油画。我当时也想着，过了江，就出国了！

呼伦贝尔与俄罗斯隔着一条河，博乐与哈萨克斯坦沿着山脊隔一道铁丝网。河水会说话，铁丝网却不会。若铁丝网那边突现几个哈萨克斯坦的牧民或边防兵，我会忍不住隔网颔首致意么？

国境线无情地提示各国领土的神圣不可侵犯。而夏尔希里的野生动物，并不清楚国境线意味着什么。天空装不了铁丝网，白云在蓝天上信步，鸟儿们在天空飞翔，河流随意跨越国境，天山也西伸到了境外，铁丝网约束的只能是人类。

愈往山里走，愈觉得一天都走不完。

翻越道道山岭，这边山坡披云杉，那边山坡满草甸。白天，传说中的赛加羚羊、北山羊、棕熊和雪豹都无影无踪，是害怕人类，刻意躲进密林里观望过往的车？连鸟儿也不知栖在哪些枝头，是不是越境潜伏着呢……说夏尔希里已经禁牧三百年，刚归还给中国时，草都有人高，野生动物随处窜走。山间道路的开通，多少打乱了夏尔希里的平静。原生植物没法跑，可以借助风，风一吹，种子就飞扬了，照样四处为家。动物们都开始东躲西藏，夜里空无一人时才会出没。

路遇一位骑着马的护林员和几位施工者。带路的党委书记不知如何跟人说好的，只见他换上宝蓝色蒙古袍，跃上护林员的棕色马，在路边的斜坡上驰骋起来，可能是为了表演给我们这些客人看，也可能是想重温一下骑马的乐趣，他矫健的身姿展示了蒙古族的彪悍。

铁丝网在山坡上漫开，山那边依旧神秘。我们临走时，护林员把一个小男孩送上党书记的车，说自己还得一路巡山，请将他的儿子捎到边防站，让熟人带下山。

车继续前行，风景变化无穷。再次盘桓上山，又下到一处如画的谷地。穿行良久，沉迷良久。起起伏伏的山，周而复始的景，这样天然去雕饰的美，在世俗中几乎绝迹。我搜索着目光能及的每一株花草，每一棵树，生怕到下次来或者梦里见时，我们不能相认。寂静的山谷，孤独的山花，都是刚刚经过的或者触摸的，而此刻已经遥不可及。

云层越来越厚越来越黑，豆大的雨点忙着敲窗。车爬坡时，前面车上的小男孩突然下车，杨献平和其他几个紧跟下去，原来路边山坎上好多树莓！

我摇下车窗，看他们爬到坎边摘树莓。献平摘了几颗给我，又继续去摘。雨像跟大家较劲似的，愈发猛了。

我捧着三颗鲜红的树莓，半天不舍得丢进嘴里。他们说，尝尝，很甜。嗯，真比南方的山莓要甜。谁在喊，都上车吧。天黑路滑，现在都六点多了，还有很远的路，还得翻山越岭。雨万一不停，路会越来越难走。

天愈发昏暗，我想着，这山里夜来得比南方还早啊，万一出不了山，被困在山里怎么办？

越野车在打湿的泥路上辛苦地爬坡，没空理我。

爬着爬着，又越过一道山岭。穿过了厚厚的乌云，雨小了。

回望对岸的山巅，有一所小小的哨卡。我知道那里有哨兵，比我孩子可能还小的哨兵。

经过一个公路边防站，交接了孩子。再往下走，已是另一座山头。天渐渐放晴，转眼间从黑夜回到了白日。下山途中，左侧窗外浮现出一道彩虹，在绿色的山峦间静卧。

我从未在山里见过彩虹。兴奋地喊，见到彩虹的，都是最幸运的人！

真的，那道彩虹早不升起，晚不升起，前面几辆车的人都没看到，偏偏等着与我们这车人遇见。世上所有的相逢，看似都不经意，但真真那么巧——你在那等着，我恰好来了。这真是让人想起来都无比沉醉的事。

白云蓝天重现。走过的空寂山谷、来时的盘山公路，都早已隐没在阿拉套山中，这是一条单行线。

山巅上一骑马的汉子原地不动，马也纹丝不动，定格成一道逆光静美的剪影。没谁看得清他的模样和神情，他在那等着谁，还是静享孤独的时光，恐怕得下次再遇到他才问得到。可是，我和他还能相遇吗？

近处山谷，有一群白羊紧贴着草坡，整个山间空空荡荡，只有隐隐的风声掠过。

那一刹那，在山间的数小时，如白驹而过。

第二辑　五云南国在天涯

阿诗玛，你在哪里

多年前，大哥自云南归，带回许多石林的照片，遥远的边陲云南便成了我心里一个七彩的梦，石林是梦里最向往的地方之一，因为那里有阿诗玛。小时候看过一部电影《阿诗玛》，电影情节早已模糊不清，只是，阿诗玛与阿黑哥的爱情传说凄美而悠长。电影里有一首插曲，多少年来，那婉转哀怨的呼唤，不时在我心里萦绕——阿诗玛，你在哪里？

杨丽坤是我心目中完美的女神，她是电影《阿诗玛》里的女主角，一个倾国倾城的彝族女子，一个当年被偶然发掘出来的不可多得的艺术人才，一部《阿诗玛》，让她成了世人心里唯一的阿诗玛，也宿命般地改写了她的一生。残酷的命运时常在昭示着"红颜薄命"，这个绝色美人怎能幸免？当然，只能说她生不逢时，倘若她生在如今，有几个明星大腕比得上她？好在她虽历经苦难折磨，终究拥有过一段美好姻缘。可叹的只是她在年仅五十八岁时，便被一个美丽而悲怆的句号，封存了其大起大落的一生。

当我跟着旅行团来到石林，来到阿诗玛的故乡，当无数个"阿诗玛"成了一道热闹在斜坡上的风景，我着急地在"风景"里头寻找，期冀遇到一个让我眼前一亮的阿诗玛。导游边走边告诉我们，怎么辨别已婚还是未婚的"阿诗玛"；后来又有人告诉我，在旅游景区，即便已婚，头饰上有时也挂着未婚的标识呢。那一斜坡千姿百态的"阿诗玛"，终究都不是我心中的阿诗玛，想必是杨丽坤的阿诗玛形象太深入人心，这到底应了唐代诗人元稹的名句——曾经沧海难为水，除却巫山不是云。

　　大约在三亿六千万前，石林一带尚属滇黔古海的一部分；二亿八千万年前，这一带开始形成石林。这无非例证了沧海是如何变成陆地或桑田的，也总得历经亿万年的烈日灼烤与雨水冲蚀、风化、地震，一个又一个神奇的童话世界，才能在地球的一些角落里争奇斗妍吧！而人类，又怎能不惊叹于大自然的鬼斧神工呢？

　　鬼斧神工的石林景区，分大小石林，如果说大石林像饱经沧桑的阳刚男人，小石林就如同婀娜多姿的多情女子。小石林的闻名遐迩，不仅仅因为风光秀美，更源自关于阿诗玛的传说。这个传说原来只是一部彝族撒尼人的民间叙事性长诗，20世纪六十年代一部《阿诗玛》的电影，令这个美丽的传说家喻户晓。大凡美好的传说似乎都喜欢与爱情沾上关系，阿诗玛与阿黑哥的故事未能免俗。据传，阿诗玛与阿黑哥两小无猜。她出落成亭亭玉立的大姑娘后，被富人家的公子阿支强取豪夺，她不畏强暴。阿黑哥也冒着生命危险前去营救。阿支跟阿黑相约对歌，谁赢了，谁带走阿诗玛。结果唱了三天三夜，阿黑胜出，阿支只好放人。但其心有不甘，最终勾结崖神，把小河涨成大河，活活冲散了一对有情人，阿诗玛被十二崖子上的应山歌姑娘救起，变成了石峰，变成了回声神。从此，你在这边山崖喊：阿诗玛！阿诗玛！她立刻回应：阿诗玛！阿诗玛……

　　玉鸟池畔，那个不管风吹雨打依然含笑屹立的阿诗玛，是传说故事里的那个阿诗玛吗？

　　"阿诗玛"与我们一池相隔，遥遥相望。她在这里守候了多少年？她的阿黑哥呢？

　　在石林，女子通通被称作"阿诗玛"，男子个个变成了"阿黑哥"。

049

当无数来自四面八方的"阿诗玛"与"阿黑哥"结伴去玉鸟池畔，不知道有多少人会想起小时候曾耳熟能详的那句歌词来？当然，年轻的一辈也许根本没有听过。而我站在那尊石头阿诗玛的对面，那句呼唤，那句我打小藏在心头的呼唤——阿诗玛，你在哪里？顷刻间从心底蹦了出来。

真的，一到石林，心里反反复复只记得那句歌词，小小悲伤油然而起，直至寻到玉鸟池，站在她的对面，泪水终是夺眶而出。

她在那里，是的，在那里。我找到了她，她就是杨丽坤？她就是阿诗玛？

跟着团，我没有机会去拜谒杨丽坤的墓地，倘若将来还有机会去云南，我一定要去寻找她的墓地，在她的墓地献上一束花，跟她说上一会话。告诉她，是她让我相信人世间，有女神在，有纯洁的阿诗玛在。

可今天，这喧嚣繁杂的尘世间还有坚贞不渝的阿诗玛吗？我不是，你不是，她不是，我们都不是。我们不过是游客，枉负这个属于我们一天的美好称谓，等到了下一站，到了大理，我们该被称呼为"金花"了。就好似现如今爱情来得太快，去得也太急，矢志不渝会让现代人嘲笑你傻乎乎。于是，我们不再敢坚持心中的念想；于是，我们学会了随遇而安；于是，我们装作满不在乎地笑看爱情的来去，就像到了下一站，我们会心安理得地当起金花，再胖金妹、再骚哆哩了。

真正配得上"阿诗玛"这个称谓的，还是杨丽坤。民间传说塑造了一个美丽坚贞的阿诗玛，只有杨丽坤，出神入化地演绎了一个永远的阿诗玛。她仿佛是为阿诗玛而生，又为阿诗玛而死，留下两部可以流芳百世的艺术作品、两个深入人心的艺术角色；经历太多生活中的不幸的她，在那个非常岁月，还被无情地摧残和折磨。唯一幸运的是，她终遇生命里善待她的"阿黑哥"，还养育了一对双胞胎儿子。

多年以后，人们说起石林，会想起阿诗玛；说起阿诗玛，会想起杨丽坤。而我心里这声声的呼唤——阿诗玛，你在哪里？想必她一定，一定也听得见。

蝴蝶泉边的苍山洱海

对蝴蝶泉，残留的印象就是林荫路旁夺目的罂粟花、路上络绎不绝的行人以及在泉边龙头旁嬉笑拥挤、抢取"神水"的游客。无数游人奔着同一个美好的心愿而来，不晓得他们回途中是否会如我一样失望？说蝴蝶泉坐落在云弄峰下，说蝴蝶泉的名字源自"雯姑和霞郎"的爱情传说，说泉边横卧着的那棵粗大古朴的树就是夜合欢树（蝴蝶树）……可我去的时候，只见一汪清泉，人头攒动，人声鼎沸，哪有我想象中的彩蝶翩翩？！

电影《五朵金花》反映的是新社会白族人民幸福快乐的生活，没有神话故事《阿诗玛》那般唯美凄婉，但也堪称一部经典。杨丽坤因这两部电影成名，蝴蝶泉更由此而誉满全球，却是不争的事实。据说，徐霞客在其游记中就写过"蝴蝶泉"。可孤陋寡闻的我，真的只是因着《五朵金花》的电影，知道了蝴蝶泉跟苍山洱海。电影插曲《蝴蝶泉边》，同许多老歌一样，经年在我记忆里飘荡。

蝴蝶泉已不是老歌里的蝴蝶泉，五朵金花也个个成了老人吧？不变的只是这个著名景点，依旧在日复一日地接纳世界各地前来寻梦的游客。慕名而来者愈来愈多，谁到此一游，估计都想挤上郭沫若题写的"蝴蝶泉"三个字的石头，在"蝴蝶泉"前留影一张，告诉自己和别人：我曾经来过。

我曾经也去过，还穿上了白族服装，扮演了一回金花。可幻想，在平淡无奇的蝴蝶泉边失去了生存的空间。

或许真是没在歌里唱的"大理三月好风光"的时候去那里吧？游览完蝴蝶泉后，又领略了"苍山洱海"。可是，"山则苍茏垒翠，海则半月掩蓝"的景象，并不曾亲见，我看到的洱海，似乎只是一个普通的高原海子，湖水不蓝。工作人员将游人一股脑地赶上了一艘大游船，跟刘公岛、西湖的船大同小异。我们一行人坐一个四百八十元的包厢，可以在里头唱歌打牌。没什么人站在船舷边看风景，不似在西湖，在刘公岛，上了船是一定舍不得躲在船舱里的。当时就有人玩笑，花这么多钱游洱海，原来就是来洱海上打牌啊！我们几个女同志，倒是既来之则安之，饶有兴致地观看船舱里白族三道茶的表演。在船停靠每一座岛屿时，都欣然上岸，品尝岛上的烤湖虾，拜拜岛上的庙宇……

我从来没掩饰过对大理之行的失望。那种失望的情绪，从蝴蝶泉带到了洱海边。

据说大理有"风花雪月"的四景：下关风、上关花、苍山雪、洱海月。单从字面上，确实充满诗情画意。真到了大理，下关在哪没人告诉我，洱海上的风倒是挺大；上关花即木莲，可木莲是春花，我们去的时候是早秋；说苍山终年积雪，彼时我只心牵玉龙雪山，对苍山视而不见，这种错过，不在苍山本身；洱海月据说最美在中秋，而我去的时间又嫌早……也许大理属于第二眼"美女"，必须住上一段时间，才能领略到它的曼妙多姿。可太长的等待，岂是跟团的旅人所能奢望？

崇圣寺三塔匆匆一瞥，大理古城溜了一圈，洱海登船一游，蝴蝶泉边赶集似的打个转……太紧凑的行程，注定没能让我对大理有着更温情的怀念。

不过，南京同学雪携妻驱车几百公里来看望我，并热情接待我们一行十人，算得上是大理之行唯一的温馨回忆吧！雪是重情重义的丽江纳西小伙，他的妻子小巧秀丽，据说能歌善舞，对我亦是热情有加。第一次去丽江，是雪亲自驾车陪我去的泸沽湖和玉龙雪山。按正常的思维，一般女子会对丈夫的异性朋友有着天然的醋意甚至敌意，但在她单纯美丽的眼睛里，我看不到戒备。她眼神清澈，声音柔和。我偶然回想起大理时，她是心里泛过的一道轻柔的涟漪。

好在，在蝴蝶泉边，我还是带回了十只蝴蝶，那是买的一组标本。

就像生命中遇到的一场场所谓的爱情，注定也只能制成一枚枚千姿百态的蝴蝶标本。

而在苍山洱海错过的蓝，错过的"风、花、雪、月"，就让它成为永远隐藏在心中的遗憾吧。

我眼里的丽江

大研古城,因形似一块碧玉大砚得名,迄今已有八九百年的历史。不可否认,而今的古城,确似涂脂抹粉的少妇,不再清丽不再脱俗,只有环绕古城的流水清澈见底,无时不在替喧嚣够了的大研洗涤着疲惫与脂粉。

好几次在清晨探访没梳妆的大研,发现"美人"终归是"美人",不施粉黛,美好的轮廓与肌肤更令人心动。在每一处小桥流水人家前驻足,江南的影子依稀可见,纳西典型的四合院浓郁着异域的风情。而彼时的大研,安静而从容,时光仿若在此打了个盹……那时,我真的不记得归家了。

无论是初春还是早秋,丽江日日是晴空万里,远处的雪山若隐若现、妖娆动人,与飘动的云彩交相辉映。

泸沽湖,位于四川凉山彝族自治州盐源县与丽江市宁蒗彝族自治县之间。我去过的泸沽湖叫落水村,属于丽江市宁蒗县。猪槽船、同船的西安恋人、同学雪和蓝得炫目的湖水,不时冲浪般袭过我的脑海。第二次云南行，行程里没有泸沽湖，我跟同事大肆渲染它的美——在一次次的回忆里，泸沽湖总是那条猪槽船，那个叫大狼的传奇男子，湖面上的海鸥，不远处的"蓬莱三岛"以及变化莫测的湖水。

说到大狼，他已是名人。因多年前自都市来泸沽湖疗伤的女子海伦，他选择不再走婚。他俩合写了一个爱情童话，并在泸沽湖安了家。海伦应邀写了一本《我嫁摩梭人》，出版日期是2007年4月，也就是我第一次走过大狼吧不久。在泸沽湖畔见到了传说中的大狼，粗犷英俊的大狼要去划船了，他笑着说，晚上酒吧见。可是，我们得当天赶回丽江，他只好说，那去大狼吧随意看看吧！他像明星一样与我们合影，上了船，我们去了大狼吧，酒吧里只有一个前台服务员在打瞌睡。女主人海伦不在，照片挂在酒吧显眼的位置，网上有人指责他们"出卖"隐私跟爱情，我却不以为然。谁都可以渴望理想的爱情，得到过，珍惜着。但毕竟是人不是神，生活里光有爱情是不够的。利用名气开酒吧，大狼做回划船工，海伦应书商邀请写书，都在情理之中。

只是爱情大多确如昙花，只能用"段"来计量。事后，记者的跟踪采访和海伦书里，也写到那段惊天动地的爱情，在时光磨损中已慢慢冷却。他俩都齐心维系着这段"神话"。大狼说，指不定有一天，会回归走婚的状态。我一点都不吃惊，任何绚烂的情爱，终会归于平淡，是宿命。

束河，我怎么形容束河呢？大研跟束河宛如一双姐妹：一位艳丽大方，一个内秀清婉，展示出来的美各异：大研是姐姐，早早嫁人，有了少妇的风韵；而束河，是藏在深闺的小丫头。

她们相依相伴在玉龙雪山下。

只有玉龙雪山，尚有理想中的纯净。在丽江古城，甚至在去泸沽湖的路上，一远望，即可看到雪山，它坚贞地呵护这方宝地，用雪水哺育土地与子民。

从玉龙雪山的 4506 米处，爬上 4680 米最高处，我的头有点发晕。与天交融的冰川赫然眼前，因全球季节变暖，冰川逐年消融，人类却无力抗拒。

2008 年秋，在"殉情第三国"的云杉坪，我只能远眺云雾中的群山，雪山不肯露面……我对同事说，走小索道只能遥望雪山，天气不好，难见到雪山真容，走扇子陡景区的大索道，才可置身雪山。大家开始议论，原来跟团走，不走大索道呀。回程中甘海子缀满花的草甸、白水河里骑上牦牛……才抚平大家的失落感。

丽江从未刻意等着你去。你去与不去，不影响胖金妹、胖金哥、四方街转舞的老人及留下来开店的异乡客们过与世无争的生活。它绝非臆想艳遇的天堂，只不过每条街、每座桥，都容得下闲云野鹤或暂停的蝴蝶。

当然，倘若你存心要去艳遇，酒吧一条街，到处有暧昧的空气流动。在灯红酒绿的烘托下，暂时可放纵灵魂；可以袭一方艳丽披肩，踱在酒吧外头，捕捉与接纳些迷茫的眼神；可以在"樱花屋""一米阳光"等酒吧，听歇斯底里的音乐……但绝不都像我那样幸运，在初春夜，在樱花屋，遇到一位当地歌手唱《艳遇丽江》；机场、书店都有《艳遇丽江》的书卖。一时间，丽江恍若真成了艳遇的天堂。

凤凰不也在东施效颦么？

但我总相信，无论是在丽江还是凤凰，更多的游人从古街掠过，看的是热闹，却置身事外。

留住早起青石板路上的脚步声，吱呀的开门声，束河街头赶马车的车夫，水墨画般的田野阡陌，玉龙雪山，泸沽湖，大狼与海伦的传奇爱情，浸染心田。

西双版纳之约

过年时坐高中同学老五的车回家,他突然提及,西双版纳真让人失望。我说,我喜欢西双版纳,并不失望。我又问,还记得那个约定吗?

那年在小城市场的巷子,就是老五倡议:二十年后大家一起去西双版纳。当年结拜的七姊妹,除老五以外都是文科班的同学。后来,各自挣扎在红尘里,忙于生计,忙于上进,忙于享乐,疏于联络。青春的约定,想必没几个人还记得吧?

我去的时候,离约定还相差两年。

在电脑不普及的当年,一部好电影、电视,甚至一首插曲就可以让无数人对其描绘的土地心生向往。《月光下的凤尾竹》《孽债》,傣家的竹楼、穿筒裙的傣家阿妹、孔雀舞、泼水节、野象谷、澜沧江……想到西双版纳,便会条件反射地想到这些。

西双版纳,古代傣语叫"勐巴拉娜西",意为"理想而神奇的乐土",也是那年云南之旅的最后一站。

在丽江飞往西双版纳的飞机上,我拍到了令人心思荡漾的云海。初抵，立刻感受到与云南其他地方不一样的湿润空气。

接机的导游，是父辈支边的湖南老乡。

热带植物园的三角梅、棕榈树、桄榔树、凤尾竹、鸡蛋花，错落有致地分布在绿毯似的草坪里；一池睡莲，躺在棕榈树的波光倒影里，自在悠闲；烈日、蓝天、草地、植物、飞鸟和谐成一幅油画。野象谷神秘原始，野猴在枝头蹦来跳去；原始森林里的野象听说傍晚才出没；表演场上的大象除了供游客花钱上背照一分钟相以外，还能伸长着鼻子"收礼"，对游客送上的香蕉不予理睬，奉上十元以上纸币才予以理会，看众哄笑：连深山老林里的大象都学会拜金了！百鸟园会飞到手里停留的鸟儿、蝴蝶园缤纷的彩蝶、小径一隅含情的睡莲、曲径通幽的热带雨林，向我们展示着"勐巴拉娜西"的别样风情。

导游还安排去傣寨，见识泼水节（如今为迎合游客，天天都有泼水节了）。参观竹楼时，导游不便说得太明白，只是交代：我不上楼了，待会主人会向你们推销东西。若要买，一定要懂得砍价。随漂亮的傣家"骚哆哩"上楼，洁净的二楼堂屋果然放着一个大篾盘，用红布盖着。主人自我介绍是家里的大姐、村妇女主任，村里办有集体首饰作坊，家家户户替村里卖当地首饰，货真价实。"骚哆哩"艳丽筒裙下婀娜的身段，端庄的脸蛋，使得我们听到她"诚恳"的话语，心甘情愿就灌下"迷魂汤"了。毫不犹豫地掏出"银子"，买下她言之凿凿的"沙金""白银"饰品。下楼，被风一吹，街边卖椰子的阿嫂介绍，对外开放的竹楼接待游客的"骚哆哩"，可人人自称妇女主任噢！

同行的眼镜哥，差点被"妇女主任"留下，说她家还有个待嫁的小阿妹。眼镜哥被"青睐"，是因为在傣族人的心中，戴眼镜是有学问的象征。而开玩笑要留下来的老彭，"妇女主任"戏称若想留下，得先打三年长工，谁叫他长得五大三粗？在傣寨，一般是召郎上门，家家户户睡一个大通间，以帐子隔划区域。不同颜色的帐子，代表家庭成员的不同身份，老人睡黑帐，新婚夫妇睡红帐，未婚的睡白帐。我们窃窃私语，那么薄的帐子如何隔音？回途车上导游戏谑，你们想想"骚哆哩"的牙齿为甚长得整齐啊，因为夜里睡觉必须得咬紧牙关呢！

无论是石林的"阿诗玛"、还是大理的"金花"，抑或丽江的"胖金妹"，好似都没有西双版纳傣家的"骚哆哩"出水芙蓉般迷人。因而，当年在美丽的红土地、橡胶林、流沙河（南哈河）演绎过出不少恩怨情仇，也在情理之中。当初以为会一辈子扎根在此的知青，找了当地人结婚生子。而十年后，命运随时代变迁，发生了翻天覆地的变化。知青大返城，注定了大多数人留下还不清的孽债。导游讲了一些真实故事，傣家人在爱情、生活面前所表现出的坚忍与豁达，让人钦佩。电视剧《孽债》里去大城市寻亲的孩子们，早已成家立业了吧，是否还是"爸爸一个家、妈妈一个家，剩下我自己，好像是多余的"？命运深不可测，太多的人们都要等到百转千回，才肯含泪俯首称臣。

离开"勐巴拉娜西"的前夜，我们去观赏了一场"勐巴拉娜西"的歌舞晚会。王子像当年电影《孔雀公主》里的唐国强，高大完美。西双版纳总以这种视觉盛宴惜别，用歌舞的形式传达民族精髓。

在今日，决定写云南游记时，我突然想起二十年之约的日子到了。好在，我跟老五已各自赴约，虽然见到的凤尾竹，不是月光下的；见到的小竹楼，也不是梦里的；可姹紫嫣红的西双版纳，凄婉真实的"孽债"故事，曾实实在在地闯进过我的视野。

喜洲看海

喜洲在大理，你自然明白，去那，是看哪个海。

是的，是洱海。稍有常识的人都知道，洱海不是海，是湖。据说，古时的高原人爱把湖喊成海子，大约是因为远离海洋，那时交通又不便，一生见不到海的人自然向往海，便管见得着的湖称作海的儿子了。

云南最大的淡水湖，当地人却不叫海，唤滇池；洱海小些，反称海。于是，我去喜洲，是看海。

去洱海的人，大概少有人会考虑它的前生今世、源头去向，而我无论去哪，都习惯于追溯。追溯有时真能发现许多本质，也是为了更好地懂得。源于北边茈碧湖的洱海，纳溪河百余条，在下关附近才经西洱河流进澜沧江，再跨国摇身易名湄公河，注入真正的大海——南海。它的每一滴水真正汇入大海大洋时，会欣慰自己终于是海的一份子了吗？

其实，再去洱海前，我是犹豫的。

那年跟团去了趟大理，坐船在洱海上溜一圈，苍山还没看清楚在哪呢，就下船了。于是，我常跟想去云南的人建议，别去大理，洱海没啥好看的。

但有一年，闺蜜意达去了洱海，在海边骑自行车的照片传到博客里，我有些不敢相信，我们去的是同一个地方吗？

慢慢我才明白，去洱海，不能走马观花，得住下来。

冬天，我寻思找个地方取暖，不知谁说了句：不如去洱海？怀化到昆明的高铁通了，车程才三个多小时呢！我觉得是个好主意，当即在网上订了高铁票。上了高铁，我才敢给老公发短信：去云南溜两天回，勿念。我绝非第一次先斩后奏了，想去哪发呆，有时一个人就去了——老公善良，木已成舟，他奈我不何。

那会儿，昆明至大理好像未通动车，我选择了夜行火车，天还没亮即抵大理，拼车抵达喜洲。我被送至桃源海月客栈时，洱海边的景致仍如剪影，静美冷寂。原打算去双廊的同车小伙听司机说，拍日出得在喜洲，双廊在对岸，日头在村庄的背后呢！且双廊正在搞建设，灰尘很重。小伙便毅然下了车，端着单反机，拍黎明前的洱海去了。

看地图总能宏观把控所处的位置。不然身在一地，若没太阳，不看指南针，真是弄不清东南西北。所以，无论去哪，我都喜欢事先看好地图，省得到了目的地一派懵懂。查过洱海地图，便有了大致轮廓：形似耳朵，东西岸狭长。

我选择的喜洲桃源，在西北岸；放弃了的双廊，在东北岸。

客栈虽在海边，与海还是隔了一条窄巷，巷对面的房子才紧挨着海。我入住的三楼算海景房，站在窗前，便可将湖光山色尽收眼底。到走廊看海，视野更开阔。早起，把小茶几搬到走廊上，沏一壶绿茶，静待日出，更若神仙般惬意。更何况，在洱海是不必赶早起来看日出的，八点以后，日头才懒洋洋地露脸呢！

客栈的老板就叫海月，八零后，两个孩子的母亲。白族姑娘出嫁早，她才三十大几，大女儿就要出嫁了。那几天，她每天忙着去大理城置办嫁妆呢!

　　客栈是典型的白族小院落：矮矮的院墙，东门进。进门左侧也是南边，为一溜平房，约莫是客栈的厨房与杂屋，早起的海月和她父母正忙着给客人盛鲜奶和早餐呢。西边与北边折成九十度的四层楼，楼梯口在西北角，故而，西边是山景房，后面是苍山；东北临街的屋子，才是正宗的海景房。但二楼以上，皆有宽敞的走廊，大概是方便客人在走廊观海景吧。

　　海月说，她是家中长女，下头还有两个妹妹。在农村，没儿子是被村民瞧不起的，但她父母生了仨漂亮丫头，个个都争气。云南旅游热起来后，桃源村就热了起来，靠"海"吃"海"的村民，大都翻修了老宅，建起了白族风情的家庭客栈。

　　海月陪我去买打折的船票。告诉我，路边杀猪的人家，是家里要娶媳妇了。还说，这几天太忙，等你下次来，我好好跟你聊聊我的故事。

　　桃源村跟丽江不一样，仍以原居民为主。乃至去桃源，不会将自己当过客。我回家后没几个月，网上传来全面整顿洱海客栈的消息，我担忧着海月家，她也慌乱着：绝大部分的客栈都得歇业整顿，都不知怎么办了。又过了一阵子，她的朋友圈再次晒出客栈的图片。我知道，整顿风波总算暂时告一段落，再去还能住她家了。

　　洱海跟别的大湖不一样，不仅有旖旎风光，沿岸还皆为村庄。无论在西北岸的喜洲，还是东北岸的双廊，抑或别的临湖村落，都可以面朝洱海发发呆，再回烟火人间——出世入世，转换其实不过瞬间。会骑车的，亦可租辆脚踏车，绕湖一周。与云南很多地方一样，洱海是天然的恒温室，冬天能避寒，夏天可躲暑。洱海边的白族人民，真是幸福哪!

　　昆明至大理终于有了动车。那么去洱海边，就像去长沙打个转一样方便了。怀化是云南到内地的必经地，沪昆高速，沪昆高铁，连接着云南跟内地，乃至北上广，均能朝发夕至昆明了。七彩云南，不再是外地人遥远的梦。

我对大理，从不喜到喜欢；对丽江，倒从热爱变得冷淡了。因上趟去洱海，顺带又坐中巴去了趟丽江，丽江其实还是美的，但愈发俗艳了，她被异乡人打造成了一个精致却虚假的美人。身在丽江，我无心再去赏许多古镇都有的小桥流水，时刻怀念着洱海。

一派天然的洱海，是无法复制的。

若下一趟去，洱海边还有客栈，我仍会选择住在海月家，还等着跟她彻夜长谈，了解白族女人的爱与恨呢！但我得重新学会骑车，意达骑车的丽影还在我心头晃荡。往北的话，还能绕到双廊。既然在喜洲可越过洱海看日出，那么在双廊，定可西望日落兼看苍山洱海，也是对洱海的另一番解读呀！

千户苗寨

　　一直以为，黔东南的千户苗寨之所以叫西江，是因着穿寨而过的那条小河，后来才知小河叫白水河。西江地名中的"西"，指西氏族；"江"，通"讨"。即此地不过是六百年前，数度迁徙辗转至此地的西氏族，向先前居住在此的赏氏族讨来的地盘，得名西江。西氏族在此繁衍生息，陆续才有其他苗族分支加入，形成如今以西氏族为主的千户苗寨。

　　这里已是全世界最大的苗寨，成了风景名胜，成了城里人向往的世外桃源。

　　城里人纷纷避往田园山村，哪怕只是暂时的歇息，也可以让时光打个盹，让山野的风吹散心灵的迷茫；而山里人为了看外面的世界，纷纷走出山里，这一进一出，竟分外和谐自然。

　　站在千户苗寨的观景台眺望，对面山头密密麻麻布满民居，枫木吊脚楼沿山坡依次而建，鳞次栉比，有炊烟袅袅升起；穿一回苗服，倚靠在观景台的"美人靠"前拍照，幻想自己变成了旧时寨子里最美丽的女孩；再俯视谷底，白水河与其说是河，不如说是溪，正优雅沉静地蜿蜒穿越寨子；西江中学挨着白水河，整齐有序的木质楼房、小小的操场，俨如售楼处的精致楼盘模型一般；三座小巧别致的风雨桥，每天迎来送往学子与村民，一些游客也喜欢在风雨桥上想心事看风景，做一回"愤青"眼里"矫情"的傻子。

这是一处断层谷地，远处是崇山峻岭，几座山头紧紧环抱着寨子中心。人们把枫木当成护寨树，山前山后栽满枫树，可以想象，到了深秋时节，该是如何的"霜叶红于二月花"。

每去一个地方，从未试图真正了解它，只用眼睛去捕捉，用心灵去感知，哪怕感受只是浅浅淡淡。何况，任何他乡只能走近无法走进，不管它以怎样温和的姿态迎接你，也不管它多令你震撼和悸动。

不可否认，西江不再是当年的苗寨了。年轻小伙留着时尚的发型，姑娘们出落得玲珑有致；早起去客栈隔壁的菜场问蔬菜价格，竟然比城里还贵；放学路上的孩子们也不腼腆，游人围着他们抓拍，不少孩子居然摆起POSE来应对镜头。

在观景台上等到天黑，等到某一刻所有民居的灯光突然同时亮起，天空慢慢深邃地蓝起来，近处的灯光橘黄了枫木吊脚楼，深蓝与橘黄交错，对面山头和谷地繁星点点——即便明晓得是人为的操纵，那一刻仍沉醉于这场视觉盛宴。

山西摄影家老李说，他安顺的兄弟委托其弟在山下等着给我们接风，其弟带着妻儿自雷山县城驱车赶来。我们拍完夜景下山与之会合，被带至一木质饭庄的二楼，一桌子苗家菜在等着我们。摄影师老赵从车里取来自山西带来的汾酒，主人硬要大家喝完汾酒再品米酒，还请来苗家阿妹唱敬酒歌。邻桌的苗汉正喝着米酒小声交谈着，我意欲偷拍，不料惊扰了几位。于是，齐齐放下酒杯朝我微笑，我便大方地与他们打招呼，原来是一帮西江小学的老师，其中一位是副校长。醉醺醺的老赵也过来了，被老师们拉着敬酒，两桌吃成了一桌，我这个"罪魁祸首"却趁机溜下楼了。同来的小崔早早在楼下了，在暮色里与我闲话，楼上的猜拳声此起彼伏，又听到了老赵开心的歌声……一向不多话但善歌的老赵醉了，回客栈后，他跟老李的聊天声透过木墙壁震过来。趁着他们正说醉话的当儿，小崔约我和司机小魏去露天广场，看贵州省老年人苗歌大赛。

次日一早，我接到副校长邀请去学校参加活动的短信，我们去了。学校坐落在景区大门口左上方，依山而建，四通八达，全是木质楼房。操场上正举行一个"蒲公英行动"的盛会，省里来了很多贵客，孩子们按班级依次表演，台下看节目的男孩一律深蓝色盘扣长褂，女孩子均着黑色平绒绣花服饰，没几个端坐在凳子上，趁老师不注意就东歪西倒，还朝我们做鬼脸。副校长赶了过来，热情地陪同参观：宽敞明亮的教室、崭崭新新的课桌、和城里孩子无异的书包、极富民族特色的手工……我们临走时，活动仍在继续，着蓝衫裙、围黑兜兜的小姑娘们正苗歌声声，直到走出很远，余音仍在……

都说已被开发的寨子不再具备原生态的醇美，我反倒欣赏这份"破坏"。天真无邪的孩子、豪爽好客的成人、秀丽静谧的田园风光，是任何外力都逼压和打造不出来的，而让现代文明融进世外桃源，并未使它变得不伦不类，我喜欢古朴中浸染着些许现代气息的一派繁华。

白水河还是那条白水河，从未因外来探望的人越来越多改变什么；枫木吊脚楼坚持在夜幕降临时齐刷刷地亮起灯，让千户苗寨霎时成为一个星光灿烂的梦幻世界……那个世界里有民客两不相扰的宁静，有太多需要城里的客人们仔细探寻的神秘与美好。

华丽的大花苗

蜻蜓点水似地掠过黔东南的千户苗寨，山西摄影家老李说，下一站去黔中西部的地级市安顺，会有一帮当地的摄影家朋友，带我们去探访一座原生态的苗寨。

安顺有著名的黄果树大瀑布。可行程太紧，我们只能过黄果树而不入，目标直指大花苗寨。那个早秋的上午，天老爷始终不肯露出湛蓝的脸。我们在安顺与当地朋友会合，坐很久的车，路遇一起惨不忍睹的车祸，再东拐西弯，终是到了目的地。泥泞的小道，清一色的土坯房。我当时心里咯噔一下：这就是原生态的大花苗寨？

村级土路两旁是葱郁的常绿乔木，我起初不知这个村寨叫什么。回家后才弄清楚，那里是地处黔西南的紫云苗族布依族自治县，一座我没记住名字的苗寨。

安顺朋友早已告知寨里管事的人，会有远客来。待我们下车，一根红绸子横亘在土路上，拦住了进寨子的路。苗民列队村路两旁，华丽的苗服吸人眼球：白红相间的披肩，素雅的浅底蓝色条纹短裙，均为自家纺织，自己印染。贵州苗族分支很多，按头饰与服饰大致分为黑苗、红苗、青苗和花苗等，大花苗与小花苗也无非是服饰的花形各异：大花苗的花形是扁菱形连续纹，小花苗是白色衬底的红黄图案，以城池、山川、河流及房舍为主题。

迎客队伍由老人、少妇、儿童、少女组成，间杂一两位青年男子。迎客歌响起："阿毛若，阿毛若……"两个主唱跳起了迎客舞，人手执一牛角。牛角酒第一个迎向我，我早请教了喝牛角酒的技巧，轻易过了关，便去抓拍诸友被灌酒的场景。

一个十五六岁的红衣姑娘，似林黛玉般纤秀，未披挑花披肩。跟她年纪相仿的另一女孩穿着传统的大花苗服。未婚与已婚的女子区分是头饰与服饰，已婚的盛装时要梳锥形发髻。竹林旁，她们给我展示了梳锥形发髻的全过程，模特是那个迎客歌唱得最棒的女子。她长得不算美，有点四环素牙，但眼神明亮、纯良，歌喉醉人，我的目光始终跟随着她转。

低矮的土坯房写着原生态背后的贫穷与辛酸，生活在大山里的苗民们，却安居乐业，能歌善舞。我捕捉到的眼神，清一色的纯净。据说寨子一旦来了贵客，各家各户会自发凑齐米、油、菜，集中在一家做饭待客，每次去那里采风，摄影师们都自带粮油、肉食和蔬菜，有时还带旧衣物，不忍增加村民的负担。

路旁一农户的堂屋升起了炭火。年长的妇人在灶屋生火做饭。年轻妇人与姑娘们在村落的一角，按摄影师的要求摆着生活常态，只是集中在了一起，轻言细语、三三两两，一派原生态风景。

下午三四点钟，入席吃饭。村里的一间空房里摆着两张拼在一起的长条桌，桌上摆满菜肴，参与迎接的村民们都参加了迎客宴。两三个女子端着饭盆到处走，你这边碗才空，立马会被飞来的一勺饭扎扎实实扣满。深山里的苗民定有过吃不饱饭的日子，不然招待客人最隆重的方式，怎会是给客人无休止地一碗碗强行盛饭呢！

采风时，围观的小孩里有一个美丽的布依族小姑娘，总睁着大眼睛看我们摄影，去学校的时候又遇到她。她很礼貌地跟我打招呼，说自己是邻寨的，在这儿上小学。见她第一眼，顿生怜爱，再遇，便忍不住想送她点什么。善解人意的司机小魏赶紧到车上拿出一大袋在安顺买的零食塞她手上，我又把手机号码写在纸条上递给她，要她有事可以找我。她寡言，眼睛却会说话，静静地送我们回到车前，旁边的孩子全羡慕地看着她。

寨子里的村小虽然简陋，看起来比村民住的房子好得多。我不明白，都是苗族，大花苗还可以有华丽的服饰，物质上却看似远远不及西江苗寨富足？难道仅仅是穷山恶水，天高地远？

夜色将至时，晚宴结束了，我们即将告别苗寨。送客歌在车子的右侧响起，还是那个最会唱歌的女子，端来了牛角米酒，让我象征性地抿了一口，善酒的依然开怀畅饮。村小的校长该是他们这里最有文化的人了吧？他带着一群村民与我们挥手道别，我用相机记录下了这感人的一幕幕，有一夜点击出来，一一回放：听不懂的苗歌，听得懂的旋律。

苗寨愈来愈远。山西摄影家老赵在车里感叹，该把赖在宾馆不肯起床的煤老板小崔拖过来的，让他来看看这个寨子，发动他们有钱人捐款。

摄影师总喜欢寻最原汁原味的地方，拍最原生态的景物和人物。我在这一次采风过程，却始终心情郁郁。想平日在城里向往山村，若真长期居住在这样一座深山老林，住着土坯屋，只能解决温饱问题，还有闲情逸致去风花雪月？

穿大花苗服装的十六岁迎客小女孩，在外地打工，月薪一千八百元。

蓦地想起千户苗寨那些整洁漂亮的枫木吊脚楼及令人遐想无限的"美人靠"，心里感伤起来——民族特色固然要坚守，原生态尽可能要保护，但与时俱进的东西，一定要想方设法带到原生态的寨子里去。

让世间所有人物质和精神上都富足起来，才能让喜欢寻梦的人得到真正探寻的快乐与满足。素喜"探人所未知，达人所未达"的徐霞客，在四百多年前远赴苗寨时，是否也有这样的感受？我想，一定是的。

河与瀑

　　不是每一条河流终能抵达大海，每一条河流也不一定都有跌宕起伏的一生。南方诸多河流均源于深山，或者就是从石缝里蹦出的一股清泉，一路歌唱，一路流浪，一路欣悦地与别处的泉水相逢，汇流成河时，有可能还在山中寻找出路。

　　我要说的这条白水河，源于黔西六盘水，在上游称可布河。贵州属于中国西南高原山地，地势西高东低。白水河自西北流往东南的镇宁，在黄果树上下二十公里的河段上，因着特有的喀斯特地貌，突遇一处处峭壁或陡崖，它走投无路，它无法回头，它身不由己，一连串的坠跌，终跌出一处处绝美风景。

　　瀑布的形成不尽相同，专业术语上的"跌水"，总因大自然的鬼斧神工而形成千姿百态的美景，无论是"淙流绝壁散，虚烟翠涧深"，还是"洒流湿行云，溅沫惊飞鸟"，我们在不同的地方，赏不同的飞瀑，总有着不一样的感触。

　　黄果树大瀑布，是白水河上十八道瀑布里最具典型性、最华丽的

"跌水"。白水河是不是一万年前由地下河循环演变成地表河的,这是地质学家研究的事了。沧海都能变桑田,暗河变明河也不一定是天方夜谭。

那天,穿越黄果树盆景园再下石阶,往密林深处走的时候,不一会就听到水声。我顿时心安了——不愿跋山涉水去寻美景,或许是不少现代人的通病吧?走出林子,还在这边山头的栈道上,便可透过路旁的枝丫,隐约瞥见对面两座山头间的白瀑。白瀑的落脚处,是高原洼地里的一汪碧潭,潭接纳着瀑,又一层一层孩子气地跌入我视野的右边。还是白水河,再慢悠悠往上一折,便毅然决然地奔出一座峡谷,去往我所不知的远方了。

天在白瀑的上空羞涩地蓝着,云应景地白着。阳光细抚着整座山林,也与清风一道轻拂我心。走下那条山道,穿过沿河的木质回廊,我刚抵达碧潭的这边,就已经感觉到她的绵绵缠绕。定睛一看,哦,犀牛潭?莫非真有犀牛当年在潭里嬉戏过?徐霞客倒真是来过,有文字为证:"捣珠飞玉,飞沫反涌,如烟雾腾空,势其雄厉。所谓'珠帘钩不卷,匹练挂遥峰',俱不足拟其状也。"多少后人慕名而来,也曾留下动人诗篇,清人黄培杰就写过:"犀潭飞瀑挂崖阴,雪浪高翻水百寻。几度凭栏观不厌,爱他清白可盟心。"犀牛潭给人的感觉,确实像一谦谦君子刚劲有力的臂膀。她怎么来,或温柔或热烈或羸弱,他始终温和地接纳着她,将她揽入自己宽阔的胸怀。

以往,我觉得瀑布是不能近身的。观诺日朗瀑布,与它隔着一条峡谷,你只能在观景台倚着栏杆看,丈量着你与它的距离,要不干脆再退上数十步,就能将宽阔的瀑布尽收眼底;看赤水大瀑布,你可以爬上天然观景岩,雄浑的瀑布霸气逼人,你全身顿时被水雾笼罩,被水珠溅湿。而黄果树大瀑布,或许是有了犀牛潭的陪伴,会让你觉得动静相宜,产生如花美眷的幻觉。她如莲的面容吸引你,妇唱夫随的默契相守更让你动容。

我在缭缭水雾中一时忘记走开,我知道每分每秒,峭壁倾泻下的河水都不是刚才的河水了，陪伴她的山、树、潭，也分分秒秒在变化。水流过时最无奈也最绝情，山与树在相对的空间里变化缓慢，慢到你几乎觉察不到它们的变。这多像时与空，时每刻在往前走，空却相对永恒。这又多像人与人之间的感情，易变的，像时间与流水；不变的，初心真如昨否？

在中国叫白水河的，光贵州就有两条。黄果树这条白水河，是打帮河的支流，打帮河注入北盘江的下游，北盘江又与南盘江交汇，成了西江的上游红水河，西江汇入珠江。另一条白水河，源起黔东南的雷公山，贯穿整个千户苗寨，先归入巴拉河，巴拉河又投奔清水江，而清水江跑进湖南，在黔城的芙蓉楼畔，与同源于贵州的舞水河相会，化身滔滔沅水。

两条白水河，终将抵达不同的海，最终仍相逢于同一个洋。而彼时，它们可认得出对方的模样？可记得同出自黔地，有过相同的名字？

我总在揣想，喝一江水长大的人，或多或少有着相似的梦想与情怀。河流带不走的只是两岸的青山、村庄或城镇，却带得走陪着它一路奔跑的，那些如影随形的尘世间的欢喜或者忧愁。

跟诸多游人一样，我被动地选择站在那道山谷，那处洼地，或近或远地赏着黄果树大瀑布的经典一面，没时间也不曾想到要跃上山巅去寻找它在上游的姿态。其实，航拍下来的画面告诉我们，不管怎样的河流，它总是因着地心引力，往低处奔跑。每遇一处无法躲避的险阻，它只能纵身一跃。那一跃，或轻柔，或洒脱，或悲壮。它并非是为了成为世人眼里的风景而一路表演，它只是遵从自己的心，按着它命定的道路，投奔它该抵达的地方。

而它，从不担心会孤单前行，总有另一条河流会在某一个拐角与它打招呼：嗨，我来了！这就像有些人，在尘世间注定无法相逢；有些人，却总能在你不经意的时候与你相遇。有些人，能陪你走一段；有些人，会陪你走一生。

王若飞故居

黄果树瀑布清丽的面容还在脑海里晃动,同行的王老师突然来电话:明早我得转战遵义。趁下午没事,一起去王若飞故居看看,顺便再去文庙。

王若飞,是中国共产党的高级领导人之一,老一辈无产阶级革命家。我知道,他与叶挺将军一行当年同机遇难,但真不曾留意他是安顺人。

王若飞故居是其曾祖父所建。他五岁之前,也曾是曾祖父掌心里的宝。坐落在安顺老城北街的故居,是一座典型的清代四合院民居。门楼、过道、朝门、正房、对厅房、西厢、影壁一应俱全,显示着"北城王"家当年的殷实。王家的后花园,一簇簇金黄色的秋菊竞相盛开,连院墙边的翠竹间也有三两朵秋菊探出头来,饱满娟秀,似一幅写意画,更似在跟花圃里的秋菊窃窃私语。我不知花园为何栽满菊花,难道是菊花凌霜而放的冰心,西风不落的傲骨,像极庭院的旧主王若飞?又是一年秋将尽,菊花却正好,让我想起元稹的诗句:"不是花中偏爱菊,此花开尽更无花。"故去了七十年的王若飞,这座他度过了童年的祖屋,带给他的曾是怎样的记忆？

疼爱王若飞的曾祖父过世后，王若飞一家的噩梦就开始了。其家族里，祖父、父亲几兄弟都沾上鸦片烟瘾，再富裕的家也经不起折腾。庶祖母欺负王若飞的亲祖母早逝，将王父毫不留情地逐出家门，使得染上鸦片瘾又一无所长的王父，最终流离失所，饿毙街头。只苦了王若飞孤儿寡母三个，在大家庭里备受摧残与虐待。幸亏其二舅得知惨状，先将八岁不到的他接至贵阳读书，后将其母与妹也接去同住。

王若飞于1919年赴法国勤工俭学。回国投身革命，其二舅一直伴他左右，后与他一同死于那场著名的空难。隐居台湾多年的军统特务杜吉堂，临终前道出飞机失事真相。所谓的飞机失事，竟真的是军统特务在飞机的高度表与磁罗表上放了磁铁。

若王若飞等到了全中国的解放，想必会重归故里，尽管那是给予过他童年创伤的老屋。七十年过去了，故居修缮得精致简洁，秋菊在庭院年年开放，故人却永远回不到故乡了。

安顺的文武庙

　　从王若飞故居出来，太阳已偏西。天依然洁净，云仍是恣意，秋菊还明晃晃地撞击我心。不知不觉中，我们走进了一条老街。老街入口处，正维修着的一处两层老宅，写着"谷氏旧居"。当时未留意谷氏是谁，又没法进去参观，便穿行在那条古旧的老街，一心去寻文庙。

　　途中，在一座石拱桥头，我被半箩筐金刺梨所吸引。我蹲下来，随口问道，这金刺梨好不好吃？旁边摆摊的年轻女子忙不迭地替站在箩筐后面、懒懒斜靠在石栏杆上的小伙子回答：这果子吃了治感冒！

　　我咽喉痛，有感冒趋势。赶紧追问，真的？小伙子难为情地连连摆手：没有没有，没听说有治感冒的功效。女人大声抢白：我曾经试过，嚼过好多果子后，感冒真的好了！小伙子羞涩地低着头，轻声道，买不买不要紧，但不能骗人的。看着他因紧张而涨红的脸，我忍不住笑了。随口问，多少钱一斤？不管治不治感冒，买点尝尝。他蹲下，递过来一个塑料袋，还是轻言细语：你尽管挑，三元一斤。我一摸口袋，还有两元零钱，拿出来先递给他：你随意帮我抓点吧！他抓好后，递给我：不

075

用称了,我一会反正要回家了。我拎过那袋金刺梨,感觉沉甸甸的。起身告别小伙,走了不远,我和王老师几乎不约而同说了一句:刚才这小伙,太让人感动了!王老师接着还说,看他打扮,还挺时尚的,长得也机灵,没想到这么实诚,反差如此大,还真是一篇小说或者散文的好题材呢。

走到老街尽头,我随口问路边阿姨,请问文庙在哪?她一仰头,朝前一努嘴,看,前面不就是吗?

一座依坡而建的大院,院里院外树木葱郁,原来就是安顺文庙。

所谓文庙,俗称孔庙,各地都有,里面敬奉着孔子与其七十二弟子。也算是每座大城小城的"标配"。南京夫子庙、曲阜孔庙、北京孔庙、吉林文庙,说是中国四大文庙,而我只去过前两个。严格意义上说,是安顺文庙让我真正弄懂了文庙的意义所在。

说是除曲阜孔庙、北京孔庙以及曲阜孔府内家庙、衢州家庙外,国内其他的孔庙都属学庙性质。安顺文庙就标注着黔中六百多年的兴学历程。其始建于明洪武二十七年(1394),跟国内绝大多数文庙一样,历史上曾几经损毁又几经重修。如今的文庙格局,成于清道光年间。改革开放以后,安顺政府投入大量经费"修旧如旧",终使安顺文庙的历史面貌重现于世。

文庙前有一照壁,像巨大门屏。进门处的礼门、义路间,耸立着一堵刻写"宫强数仞"的透雕石墙,其左侧脚下,一块"下马碑"俨然立着。文庙分四进,第一进分上院及下院。回头看进门处正前方,是座呈半月形的泮池。相传,古时须是中秀才的才能从石桥上过,名曰"游泮"。远远望去,泮池后面的透雕石墙上的四个字遒劲有力。在两旁参天大树的映衬下,不远处的现代高楼在晚霞中思忖着什么。高楼每天与文庙打着照面,无法回避彼此的存在。在时空的交错里,它们可曾相互对视相互颔首?当然,文庙早它们六百年出生,文庙见证了这座城的风云变迁，它了解这座城的所有秘密。

三三两两的当地人，坐在空旷的院内喝茶闲聊，熟悉又陌生的古琴曲在回荡，庭院深深，古朴静默。若非夕阳西下，我真想立刻寻一张茶桌，就在哪棵古树下，点上一壶上好的都匀毛尖，品啜文庙无处不在的书香气。不，我要坐在茶桌旁，远远地看石桥上欢喜地走过一个又一个文绉绉的秀才，还听到屋子里传来的琅琅书声…

文庙最出彩的建筑，其实当属石雕，尤其是大成殿前的那对有着整石镂空雕云龙石柱。相传该石柱工酬以石粉计付，寸粉寸金，是清道光年间一位苏姓石匠的呕心沥血之作。多种精湛的石雕技法集于一体，体现了"天圆地方"之中国传统天地观，更把文庙打造成了石雕艺术的殿堂，有了"中国最精致的文庙"之美誉。

安顺文庙的建成，正是明王朝为了永镇边陲，"以怀柔而教化边夷之民"。它让明清儒文化，自中原慢慢地、慢慢地渗进了西南。

文庙供的是孔子，武庙供的是关公。安顺武庙临街，始建于明洪武十五年，早于文庙十二年修建。武庙原名寿亭侯祠，后改为关帝庙。

逛武庙是次夜，天气转凉，深蓝的天空依然飘荡着浮云。同行者说，你看过文庙，再带你逛逛武庙吧。可因为天色已晚，我又惦记着晚上的大型实景歌舞《大明屯堡》，便略略逛了一圈，退了出来。相比文庙，武庙少了些牵绊住我的神秘力量。

这个春秋时期的古牂牁国，这个战国时期夜郎国的首邑，这个被大明文化渗透全境的古安顺府，这个正快马加鞭地书写新篇章的高原古城，开始令我产生敬意。

旧州

我是从一座商铺林立的仿古新城进的旧州老街。

老街赫然眼前时,我最先望见的是一只猫。对,灰白色的,它蜷在低矮屋顶的瓦上晒太阳,惬意到懒得睁眼望我。

跟仿古新城比,这是一条保存完好的老街:石头垒成的四合院、三合院只能用"低矮"二字来形容,一些院落裹着木板外衣,显然不是贵州特色。石板路逼仄地通向远处,远处迷蒙未知。随意踏入一座院子,正屋门上簇拥着满梁苞谷,让人迅速迷离恍惚。

古镇、老街,我见得多,若非被告知这儿叫旧州,有屯堡文化,我不一定肯来。安顺之外的贵州人,不一定都了解屯堡文化。我更是听公安同行介绍,方知安顺有大大小小的屯堡,旧州有,天龙有,云山屯有……

次日中午,我的采访对象建华便拽着我,着急道,申姐,带你去个地方!

一入贵州,我便重感冒,日头晃得我睁不开眼睛,便不想动。

他解释,下午我还有个会,只能带你去旧州。你是文化人,来安顺一定得去了解下屯堡文化。

旧州？我承认是冲着这名字——一个"旧"字，似滴墨的毛笔，勾勒出古镇水墨般的前世。

屯堡的堡字念成 pu，上声。辞典里仅三种读音的"堡"，读 pu 时为去声，上声读法大概依了当地方言。他们叽叽喳喳地介绍：屯堡保留了六百年前的大明遗风，皆石头房子，不与周围的土著通婚，自成一个个小世界，说话有卷舌音，女人日常着大明汉服……《安顺府志·民风》确实白纸黑字写着："屯军堡子，皆奉洪武调北征南。妇人以银索绾发髻，分三绺，长簪大环，皆凤阳汉装也。"

刚踏入西街，便遇一位着绿色大襟宽袖、扎白头帕的妇女，她远远地走来。建华说，快看，这就是大明汉服！我想起了，早几天在安顺城里碰到过这样打扮的卖菜老妪、街头闲坐的妇女。我还以为是哪个苗族分支。建华说，这是屯堡女人的日常着装。正讶异，女人已走到我跟前，尖尖的绣花鞋格外抢眼。我迎上去，问，能跟你合个影吗？她笑意盈盈，道，好的。又问，你是汉族？她连声说，是啊！屯堡人都是汉族，六百年前从江浙那边过来的。

她的口音里并无传说中的卷舌音。

我对屯堡文化正一派混沌，她已飘远。

还是在西街，一宅门口挂着"谷氏旧宅"的木排，走近一看，这座始建于清中期的老宅，是国民党中央委员谷正伦、谷正纲、谷正鼎三兄弟的祖屋。"谷门三中委"，曾名扬一时，跟宋氏三姐妹一样。

相传明朝年间，湖南常德石灰巷有谷氏叔侄宦游云贵二省，叔居滇，侄居黔。几经辗转，居黔的侄子投奔其常德老乡、"调北征南"入黔的伍复一全家，始居旧州西部的甘棠堡牛蹄湾，与伍家为邻。明末清初，谷氏后人迁居旧州西街，再后又迁至安顺。

安顺城的谷家，与无产阶级革命家王若飞家相距不远，我都去探访过。两家均曾为安顺大户。谷正伦年长王若飞七岁，若飞迁居贵阳前的七八年间，他们可有过交集？若飞五岁前尚懵懂，之后又陷入家庭变故，与谷家三兄弟不相熟也极有可能。两家儿子先后出国留学，走上的却是截然不同的革命道路。谷氏三兄弟终老于台湾，若飞解放前于山西坠亡。四人皆未见过解放后的安顺城，却都成了同时期的当地历史名人。

许是走马观花，屯堡文化在旧州若明若暗，谷氏旧宅也大门紧闭，印象深刻的反倒是鲁氏会馆，即鲁大东老宅。

这座中西合璧的建筑，白外墙，传统轿子顶，配木制外廊。鲁大东是湖北人，在贵阳求学时与旧州一富豪之女赵碧光相识相爱。追随爱人来到旧州的鲁大东，做了镇上的教书先生。洋楼建成时已是1943年，据说前后建了五年。解放后洋楼充了公，改成镇上的卫生院，鲁大光在洋楼工作到退休。其后人今在何方，无处探寻。赵碧光的家族是否屯堡人，祖上来自江浙或湖广，也成了谜。唯鲁赵的爱情，成了温馨的旧州传说。

今时的鲁宅，被装修成西式餐厅，院里的圆形古井水源源不绝。井水顺屋门口的浅水沟流往巷子尽头。只需随流水朝前走，就仿佛随它走进了旧州的旧。流经每栋老屋门前的水，清澈，浅淡，几个孩童在水沟前嬉戏打闹，他们想必是屯堡人的后代。

转弯的巷口写着三个字：水井巷。

在鲁宅我曾问一位服务员，井水能喝吗？她笑说，可以的，您随意。我掬起一捧水，送入嘴里。嗯，真甜，仿若鲁赵的爱情。

回安顺途中，公路右侧逶迤着一湾碧水，建华讲那是邢江。南方称"江"的，多为小河，比如湘西的沱江、万溶江，与高原海子有异曲同工之妙。邢江两侧的湿地似江南，让我想起光影中的泰州溱湖湿地。邢江湿地显然不如泰州湿地壮观，却同样温婉，与旧州及屯堡人的气质颇相配。邢江属长江的支流乌江水系，东流至红枫湖。咦，屯堡人在高原上顽固地保留大明遗风，归根结底是不敢忘乡吧。从长江中下游迁徙到中上游，原非自发迁徙，是历史逼着他们写就调北征南填南史，他们只能委托小江小河将思念捎往家乡。数百年的江水滔滔东流，承载着多少屯堡人的乡愁啊！

旧州镇原为元明之际的安顺州治。元至正十一年（1351）置州，明成化年间治所迁往阿达卜（今安顺市区），这里后来易名旧州。贵州其实有两个旧州，另一处在黔东南的黄平，是春秋时期的且兰国。

黄平旧州与安顺旧州相隔三百公里，是在高德地图上导出的高速公路里程。黄平旧州因何得名，它又是谁的旧州？我想，得闲也去访一访。毕竟，泱泱华夏，我所不了解的历史太多，需要去探寻的未知也更多。

天龙屯堡

那夜，在安顺城乍起的秋风中，我打着寒战看完了实景演出《大明屯堡》，次日我决意去天龙古镇。因为天龙有传说中的沈万三，有毛阿敏唱的《茉莉花儿开》，有婉转深情的女声唱起："若是你归来，我为你歌唱，我的歌声像杜鹃嘞，相思若断肝肠……"

大明的将士在天龙等谁，大明将士的妻子在家门口等谁？

走在天龙的石头城堡，像踏回了六百年前的大明。

明朝初期，朱元璋为巩固西南边陲，于洪武十四年（1381）派傅友德、蓝玉、沐英率三十万大军远征云南，这就是著名的"调北征南"。远征军的大本营设在安顺。平定云南后，朱元璋为防乱事再起，下令就地屯田养兵，陆续又迁来屯军家属及部分江淮、河南的移民。屯军在驻地建村设寨，平时务农，战时用兵，类似今日的新疆生产建设兵团。石头房里糅合着江南风味，星星点灯般散落在贵州中西部，尤其是安顺境内。正是六百年前的"调北征南"和"调北填南"，使独特的屯堡文化在漫长的历史烟云里，开出一朵朵古朴别致的花来。

天龙古镇，只是安顺诸多屯堡中颇具代表性的一座。而安顺人嘴里的屯堡，"堡"字发音 pu，上声。

在天龙，须提沈万三。八年前去江南水乡周庄，我就熟悉了这个名字。当年"资巨万万，田产遍于天下"的沈万三，老家就在周庄。沈宅的恢弘气派彰显着其当年的富可敌国。相传，明初朱元璋定都南京，要修明城垣，沈万三"助筑都城三分之一，又请犒军"这让朱元璋起了疑心，动了杀心，幸好马皇后劝阻，改为流放云南。贵州那时尚未建省，安顺归属云南。

天龙古镇上的沈万三故居，据说是其次子沈茂所建，虽不如周庄的沈宅气派，但屋内结构、布局，木雕门窗都跟沈厅相像。如今住的不知是否沈家后人。只听说，沈茂的后裔沈向东居天龙古镇，经商，是天龙沈姓的族长。经史学家考证，明洪武六年至二十六年间（1373—1393），沈万三大部分时间确实在安顺生活。经祖传家谱等考证，毕节乌蒙，遵义团溪、野彪，也都有沈万三后裔。

沈向东介绍，当年沈茂是在沐英将军的庇护下落户天龙的。沈万三爱马，在贵州时就发展了中西部的马帮。天龙镇残留着其当年的放马坪、盐仓、粮仓、染坊。天龙还有一个大的聚宝盆，盆上有一首诗说是张三丰写的："浪里财宝水底藏，江湖英明空荡荡。平生为仁不为富，舍弃红粉入蛮荒。"是沈万三的马帮，使当时的黔中经济如绿芽初发。之后，贵州马帮遍地开花，直至20世纪七十年代。

黔南的福泉山为沈万三建了陵园。史载，洪武二十三年（1390），武当道派创始人张三丰云游云南，与沈万三相遇，两年后，沈万三放下俗世万物，追随张三丰上福泉山修道，后终老于此山。彼时的福泉市地域，古时也属且兰国，明朝晚期唤平越府。沈氏家谱说沈万三卒于1394年，终年八十八岁，其五世孙沈廷礼于1498年将其迁葬周庄银子浜，名水底墓，总算魂归故里。

天龙在元代就是顺元古驿道上的"饭笼驿"。明初，这里屯了大量江浙兵，渐成屯堡，又改名"饭笼铺"，最后被本地儒士改为"天龙"。

屯堡妇女服饰叫凤阳汉服，传说是当年马皇后爱穿的服饰。天龙古镇上，到处走动着身穿宝蓝或绿色汉服的中老年妇女。有些老人摆着小摊，在自家屋前或墙脚卖着绣花鞋、婴儿布鞋以及手工鞋垫，我每经过一处，老婆婆会喊住我，妹子，买双绣花鞋吧。我扬扬手中的一双婴儿鞋，抱歉地说，买了噢。她们仍然满脸堆笑，继续游说，再买几双，帮我开个张咯。那天不是周末，游人颇少，只有一些外国人在好奇地摸摸这，拍拍那。

古茶亭煮茶的两位屯堡妇女，请过往游客免费喝放了八味中药的茶，我笑问，是哪几味？胖大姐飞快说出六味，最后冲我咧嘴笑说，还有两味，保密。她让我看她额头，原来她们结婚当天就得剃额修眉，挽圆髻，包白头帕，去村里喝喜酒，才换黑头帕。老婆婆包黑帕，只有未婚女孩梳独辫。她豪气地说，我是南京后裔，我去过南京两次，我还知道自己在网上有照片呢！她告诉我，天龙有四大姓，张、陈、沈、郑。这些姓氏，都来自哪里，想必得查阅各家族谱才知。她指着自己浅绿色的宽袖汉服，说，现在还改良了，以前袖子更宽大，六百年前的祖先就是这么穿的。我在她摊上买了三双绣花小鞋，说可以挂在家里辟邪。后来想到，买这么多，送人，人家还以为给小鞋穿。陪我去的小吴一听，乐了。她说母亲也是屯堡人，她家住大西桥镇，她母亲一直穿着这种宽袖汉服。我说，你也是汉族啊。她说，是的，听说祖上从江西过来的。我立即攀老乡，我祖上也是江西过湖南的呢，不过是宋末元初。

这活生生的明代史书，正逐渐拂去历史风尘，在安顺的角角落落，静候着大家去翻阅。你无须再一头扎进白纸黑字，苦寻那些久远了的历史。去到每一座屯堡，你都可以随意拾起大明记忆。

我也一直在想，为何屯堡人还保留着那么多大明遗风？不管是建筑、服饰，还是饮食、习俗和娱乐方式，都透着浓浓的江南余韵。时光仿佛在这里打了太长的盹，把江南风物都定格在了六百年前，遗落在这个山高水长的西南边陲。屯堡人努力地保留着祖籍的旧习俗，是因为心里始终有乡愁，故土若只能在梦中，那么就在梦里回江南吧！

《大明屯堡》的主题曲《茉莉花儿开》，取自伴随了屯堡人六百年的《洪武茉莉花鲜花调》，经毛阿敏温暖深情地演绎，确实戳中了屯堡人的泪点："茉莉花，茉莉花，静静开在我的家，自古人人都爱它，芬芳美丽满天下……茉莉花呀，莫离花，香伴悠悠千万家……"

坡坡街

　　大巴在一个小镇模样的地方停下之前,我一直在车上打瞌睡。等车停下来,我茫然地跟下车,不知到了哪里。同车的石柱文友陈鱼乐指着公路左侧,笑说,往下走走坡坡街吧。

　　坡坡街?我一瞅,好像是一条老街,熟悉的青石板路,为啥这么陡?我望望自己脚上的细高跟,有些沮丧:算了,不下去了。陈鱼乐赶忙讲,你看,马路右侧往上还有呢,我们就走下面这截,下面是长江!

　　我瞟了下马路右边,确实有往上的青石板路,当时没人告诉我这两截路有什么必然的联系。听到"长江"两个字,我勉强打起了精神——任何陌生的地方,首先打动我的总是一江水。可能王洛宾那首歌太过刻骨铭心,到哪,遇到任何一条江一条河,我都会站在此岸遥想彼岸。遥想若没有桥,该怎么过河;若有渡船,又有没有沈从文笔下的翠翠?河那边是否芳草萋萋,你会否与我一样殷殷期盼?

　　我试着往下望,目光穿越一条老街,又仿佛穿越时空去找寻。果然见着影影绰绰的一江水。那时我并不知道,从前是可以站在更高更远的独门嘴,在那株几百岁了的黄桷树下朝下望的。当年,街更长,老房子更多,街头巷尾的欢声笑语更密……

上海文友陈晨一把拽过我,声音干脆:没事,瑞瑾,我扶着你慢慢走下去。

我深呼了一口气,决意顺阶而下。青苔在石阶的夹缝间拼命往外挤,没见到几个街坊邻里在门口晒日头,文友远山笔下的小猫并没与我相遇。唯见老街两侧鳞次栉比的老屋,是穿斗木结构,白色的夹泥山墙。好在走几步十几步就有一块平整的青石板台面,让人能歇歇脚。

湖南凤凰街头摩肩接踵的人流让我不安,这条老街的清寂无声同样让我不安。我东瞅瞅西瞧瞧,指着临街一幢木屋漫不经心地告诉陈晨:这窗子工艺不如湘西,我们那边老木屋窗棂图案都是雕花的,还有蝙蝠。我的确没说错,湘西各地,明清年代留下的老屋窗棂雕工精美,蝙蝠寓意着"遍福"。

一处平台右侧老屋前的门槛上,坐着一位双目炯炯的老人。不知谁问了他的年纪,老人答,七十三。人群里传来"呀"的声音。尽管老人留着白色的山羊胡,可他长着一张没被岁月摧残、精气神十足的脸,大家不相信他年过七旬也是情有可原。老人戴着一顶绒线帽,一件黑坎肩罩住靛蓝的中山装。他家木窗的一角摆着算命的牌子。大家纷纷围住他,聊天,拍照,他索性回里屋取了杆烟枪,笑道,好好拍吧!这些年来古镇的人多,想必他早已习惯被围绕与关注了。那年我在溆浦芦茅坪花瑶寨见过的大叔,不也是这样?本来扛着根水烟袋在吸烟,见有人拍他,干脆一板一眼地配合着摄影者。这样的男人年轻时都一表人才,指不准当年也是撩妹高手呢。

从老人的眼睛里,我读到了许多故事,可惜忘了问问他是土家族还是汉人,更忘了问他会不会唱土家族民歌《六口茶》。我早在几年前听过这首歌。我的先生姓向,是土家族,虽然他们已汉化多年。《六口茶》表现的是一个青年男子遇到心仪的姑娘，不敢冒昧打探她的情况，拐弯抹角地从姑娘的父母、哥嫂、姐妹、弟弟问起，一直喝到第六口茶，才鼓起勇气问："喝你六口茶呀，问你六句话，眼前这个妹子噻，今年有多大？"妹子等的就是这一问，却仍假装嗔怪："你喝茶就喝茶呀，哪来这多话？眼前这个妹子噻，今年一十八。"

故事的结局，我们可以尽情想象。

走了不少石阶，我们终于下到江边码头。江边有一座高大的牌坊，上面刻着三个大字："西界沱"。

下午的阳光有些慵懒，我眯缝着眼睛，穿过偌大的码头朝长江边走。长江用一个L形的姿势在此华丽转身，就头也不回地继续往东北走。河对岸听说是忠县，有个大名鼎鼎的石宝寨。

我从小知晓溆水和舞水都是沅水的支流，而沅水又汇入长江。作为长江流域的子民，对母亲河的感情，不是三言两语表述得清楚的。十一年前，自南京长江大桥中段下楼，穿越几畦菜地，我看到了长江及过往的轮船。次年又在奔往泸沽湖的路上，见到在高山峡谷里穿行的金沙江。后来在长江中游，江这边是湖南华容，江对面是湖北监利。

金沙江在云贵高原上踉跄东行的脚步声我还记得，它在四川宜宾，那个出五粮液的城市，换了个称呼——长江。而长江到了西界沱，不再激越。江水静静地望着我，我呆呆地望着它。三峡工程抬高了这里的水位，西沱镇的坡坡街，有没有老街永远沉睡在水下？码头空旷无声，回水沱城府太深，任谁也没有告诉我这个答案。

大巴早候在江边的大道上，我纵有重登坡坡街的想法，也只能是妄想了。

西沱的前世今生

  其实这些年我走过不少古镇。且不说湖南的凤凰、洪江、靖港，往远一点说，山西的平遥，山东的台儿庄，江南的周庄，云南的丽江、大理，各有各的风情，又都觉得似曾相识。
  那些古镇的古，已非远古的古。
  去时懵懂，走时让我怅然的西沱，它的古，似乎不一样。只可惜它被挟持在一堆现代建筑里，有些不知所措。
  天堑变通途，使得长江支流龙河上的上家风雨桥，龙河边秦良玉的铜像、吊脚楼及千古悬棺，万寿寨、千野草场、大风堡，黄水镇的高山平湖，都不再羞答答地藏于深闺。国内正大力提倡"康养"概念，光靠风景取胜的旅游已经不占优势，这是石柱的福音，也是城市人的福音。重庆到石柱的高铁只要个把小时，石柱不正等同于重庆的后花园？城市人都意识到莫名其妙的疾病如饿狼般扑往人类，寻一处可以定期去大口呼吸几天负氧离子的地方，便成了许多人的梦想。
  石柱的旅游理念是走在前列的。而变成通途的天堑，不再需要背夫一步一个脚印把古道继续走下去，又何尝不是西沱人的福音？

西沱的前世今生，实际上跟巴盐古道密不可分。

知道巴盐古道之前，我只略知茶马古道。茶对于我来说，早已是必不可少的日用品，巴盐，则是新鲜的词汇。好在可以顾名思义，巴地的盐。

巴地，大约指巴国。早在三千年前，西沱是属于巴国的。

长江北岸的忠县也隶属巴国。其監、涂二溪产盐，跟自贡盛产井盐一样，统称川盐。

经由南岸西界沱的陆路，巴盐可以运往荆楚大地甚至更远的地方，我都在想，我的先辈一定也吃过巴盐。"巴盐销楚"，令西沱古镇成为巴盐古道的起点。

盐道自江边码头沿山脊蜿蜒抵达山顶独门嘴，一代代的背夫，年复一年日复一日地背着沉沉的巴盐、蜀绣或丝绸，从码头一步一个脚印地往上爬。爬完这些石阶，还有别的山头。他们要越过一座又一座山，把巴蜀的东西背到湘鄂，再从湘鄂换回巴蜀所需的桐油等物资。他们结伴而行，即使在三尺道上披荆斩棘，风餐露宿，也就不会觉得孤单了。

《四川通志》载："蜀唐以来，生齿颇繁，烟火相望。及明末兵燹之后，丁口稀若晨星。"于是有了历史上数次大移民。西界沱，也就是后来简称的西沱，也同样迎来了无数沿着巴盐古道闯进来的商贾。他们抢占有利位置，招揽盐商和力夫，在这条长达两千多米的古盐道两旁，修客栈、设商铺，营造会馆和寺庙。明清以后，这里茶馆戏楼林立，徽派建筑与土家吊脚楼交相辉映，正可谓唐代黄峭所吟："年深外境犹吾境。"彼时，他们没空遥想故土；彼时，他们忙着让长江文化、巴蜀文化、荆楚文化和土家历史文化得以融合。

坡坡街成了背夫们长途跋涉的起点与避风港。"一里半石桥""千脚泉"，都在被公路隔开了的上半截街，我只能从纪录片里感受。

相传在宋代，坡坡街上有位老先生，他怜惜过往的背夫，把水井凿在家门口。那年夏旱，井水干涸，他只得每天一大早从镇外山野挑水灌入井中。直至有一天他起晚了，挑水途中被一队背夫发现真相。背夫们深受感动，在后来被唤作"千脚泉"的井边，为老先生跺脚鼓劲，清泉忽地从井里汩汩而出，自此再没干涸过。这以后，临街的家家户户也学着老先生在家门口摆上一口水缸，供过往的背夫和行人打口渴。

背夫运送一次货物得一个月。他们在外的一个月，也是家中老少望穿秋水的一个月。曾有一位背夫在油草河不幸遇难，撂下一双妻儿。消息传回坡坡街，街坊便自发接济他家，让苦命的母子得以生存下来。

背夫这个职业，如今已在坡坡街绝迹，而总有一些东西在坡坡街传承，比如与人为善，比如修桥补路修学堂。

明末忠县人秦良玉，是唯一上了《将相列传》的女将军。她曾在西沱镇的南城寺进香朝拜，并捐资重修此寺。她驻守四川时，适逢川地大旱，她下令在南城寺熬粥赈灾，接济灾民数万人。此后，更是逢灾必救，临终前更是留下遗愿，要后辈继续行善。

其后代秦文洲在接受中央电视台采访时说，秦家曾与坡坡街世代行医的熊家联姻。十九世纪末，西沱镇瘟疫横行，熊家大药房的掌柜熊庭英与秦姓夫人商量，决定拿出积蓄购买药材，义务熬制汤药，给过往的行人服用，许多患病的乡邻得以痊愈。其子熊福田后来承办"兴隆巷党案"，担任被告辩护律师，也用正义和精博的法律知识，拯救了二十多名中国共产党人。

两江总督陶澍于清嘉庆二十四年（1819）冬曾出任川东兵备道，夜泊西界沱曾写下《泊西界沱寄题秦良玉旧楼》，他也写过不少推介家乡安化茶的诗行。当代著名画家徐悲鸿更是创作出油画《西沱风景》，后以一千三百多万的天价拍卖了出去。

西沱人的乡愁

我很好奇，第一个把西沱古镇推到世人面前的那位石柱县文物工作者姓甚名谁，他的无心插柳早让柳成了荫。三十多年过去了，他尚健在否？这是西沱人应该记住的一个人，一个功不可没的人。

我从中央电视台《记住乡愁》的纪录片里听到主题歌《乡愁》，有一句歌词是"日久他乡即故乡"，也是黄峭"年深外境犹吾境"的下句。说他敦促后辈各自出去谋生，特意写下这首诗，算是黄家人日后相认的依据。他的豪迈与大气，令人钦佩。他乡是可以当成故乡，故乡却还是故乡。我想，这不仅是西沱早年移民的切身感受。贵州安顺屯堡人的乡愁，湖广填四川人的乡愁，我父亲投奔其叔祖来到溆浦的乡愁，库区移民的乡愁，都是一碗水，一杯酒，一朵云，一生情。

远在新石器时代，相传即有巴人居住西沱。巴人是什么？他们说是土家族的先人。作为湘西土家族的媳妇，我自然对石柱，对西沱，对巴人，有着天然的亲近感。怀化不少县市属于武陵山区，武陵片区的划分，拉近了我与石柱的距离。在万寿寨感受酣畅淋漓的土家族摔碗酒，在大巴车上，导游一遍又一遍教唱《六口茶》，都让我有回家的感觉。

西沱在商周时期为古代巴国及巴民族的活动地区，《山海经·海内经》里记载："西南有巴国。太皞生咸鸟，咸鸟生乘厘，乘厘生后照，后照是始为巴人。"太皞即上古时代东方部落首领伏羲，后照为巴人始祖。

春秋时，西沱为巴楚交界地，居西界，属板楯蛮与有崖葬习俗的古代民族活动区。公元前316年，秦灭巴，巴国不再，巴人依旧。秦汉时西沱属巴郡，农耕文化发达，城镇初具规模。北魏时称"界坛"。忠县的锅巴盐，造就了西沱。唐宋年间，使之发展成川东、鄂西边界的重要商贸城镇，明清时期更是一派繁荣。

长江三峡工程使得长江水位提升，库区多了不少高山平湖，湖光山色把无数前尘往事永远埋在了水下，回水沱变得愈发平静。有"云梯"之称的坡坡街，不得已被拆掉五百米。衙门路、月台路毫不留情地将"云梯"一分为三，原本堪称完美的"云梯街"，就这样支离破碎。古街起初有1124步台阶和112个当年供背夫歇气的平台，如今只剩八百多米长，89个平台，692步石阶。

现代文明与历史传承间，注定了一些旧物逐渐消逝也无法挽留——就像我们终将失去自己的肉身，终会与尘世诀别；就像地球有朝一日终将诀别于宇宙。只是时间长短而已，只是在有限或漫长的生命旅程中，我们更愿意相信永恒的存在。

据说，西沱古镇有不少原住民在努力保护着西沱，他们用影像用图片用艺术力图还原西沱的前世。背夫的后代们重新扮演起祖辈的角色，他们试图用这种方式缅怀先辈，感恩先辈用汗水甚至生命换来的家族的延续。

万事万物皆有因果，万水奔往大海，我们注定留不住所有的过往，注定只能在回望中缅怀遗失的美好。物质的形成与湮灭，是物质运动的自然规律，终将是强留不住的一抹红，像春天的花，总会枯萎，更像久远年代里存留下来的文物，总会斑驳。那沉睡两千多年的辛追夫人，从马王堆西汉古墓群里出土后，几十年过去了，可还如刚出土时栩栩如生？

精神层面的东西，则能通过各种形式存留。它们在历史的长河里，被大浪淘沙，再代代相传。

今生的西沱，远非前世的西沱；今日的坡坡街，也不再是当年的坡坡街。

山高水长的西沱，还是那么静谧地孤守着。据说赶上节假日，赶上过年，它会恢复往昔的热闹。在外打拼的游子，不管祖辈原籍何处，他们更多的是对西沱的乡愁了吧？他们在西沱土生土长，他们的血液里流淌着西沱人的温柔与刚烈，他们把西沱赋予的善与美，早已播向远方。

真的愿意有那么一天，我偶遇一位合眼缘的人。他告诉我，嗨，我来自西沱。我回答他，噢，我知道西沱，它在长江边，有一条像云梯一样的坡坡街，有一些感动人的故事，始终在坡坡街传说。

青神之神

我本想去眉山寻"三苏",不料先遇到了青神。

眉山往南,岷江往南,说是"三苏"之一,北宋著名文学家苏东坡的"初恋地"青神县。他在青神中岩寺悬壁上,留下青年时的墨宝"唤鱼池",也留下了他与老师之女王弗的初恋故事。

奔中岩寺而去,却被领入岷江畔的江湾神木园。在神木馆门口,眉山一散文家告诉我,这里馆藏的乌木价值连城。我想到家中那块"鲸鱼头",是一位收藏家朋友馈赠的金丝楠,他曾再三强调是乌木,即阴沉木。我就随口问眉山那位老师:乌木就是金丝楠吧?他笑了笑:乌木种类多,金丝楠乌最为昂贵而已。

我后来总算弄明白,两三千年甚至数万年前,四川等地一场接一场的地震、洪水或泥石流,秋风扫落叶般将原始森林中不少珍贵树木深埋进江河湖泊甚至海底。因缺氧,因高压,又受细菌等微生物侵蚀,逐渐炭化,数千年或数万年后重现尘世,不经意间倒贵为大自然馈赠人类的宝藏。

历朝历代均不断有乌木出土，被当作辟邪之物，被制成工艺品、佛像及护身符挂件，甚至被誉为"东方神木"。

偶在深山峡谷遇几截裸露于干涸河床上的陈旧木头，像历史长河里的沙砾，我总觉得那应该就是乌木。却不知材质，猜不到树龄，只得揣想，无人问津，是年代不够久远？是树种不够珍稀？是外形不够气派？大概惟珍贵乌木散发出的气场神秘而强大，方能震住人类吧。

在自然面前微如尘埃的人类，虽贵为高等生物，百年之后也不过归于尘土。怎有机会像那些古树，因大自然偶然一场"恶搞"，便可能于千万年后出土为稀世珍宝？

千万年不腐的，在人类史上恐只有大浪淘沙后的思想或精神，是借助文化形式存留的文化瑰宝。它们像名贵乌木一样，闪耀着历史的古雅的光芒。往细里说，在青神度过学生生涯的东坡先生，留存于世的文字或书画，绝非只是文字或书画吧。

自灯火昏暗的"钟乳石"溶洞跌跌撞撞前进，再左拐即别有洞天。迎面扑来两棵乌木，像要冲破那四层楼顶，直插云天似的。这馆正中特意留空，屋顶即四层楼顶，每层四周皆为展厅。讲解员已从进门一尊"凤凰展翅与太阳神鸟"说起——麻柳树乌木，不算昂贵，据考证，形成于一万多年前。是怎样一场地质灾害，将彼时已达一千五百岁的麻柳树活埋在青神的高台石坝？和它同属过一片森林的其他树木，去向何方？是腐烂成泥？是终成乌木？

四周一片沉寂，麻柳树缄默不语。我来不及细想，已随人流站在了那两株"庞然大物"跟前。

谁去细揣马桑缘何由远古的参天乔木终成灌木？南城镇沙河镇出土的马桑乌木，高十六米，直径约两米，能祈雨，能通天；能赐子，被当地人视为神木。与之并肩的黄楠约十米，产自青神翁家。俩木均三千岁上下，马桑为阳，黄楠为阴，阴阳平衡，似世间相宜的男女。

树龄三千六百岁的巨型香樟木，产自巴西。说是动用二十四名能工巧匠，费时六年方凝结成这幅巨作。船工、水手与搬运工齐聚码头，商船云集于河道，赶集者接踵而至。携家眷看戏的，牵骆驼赶来的波斯商人，半个身子皆挂于桥栏杆看热闹的，半山腰庙里的小和尚都不禁扶栏远眺——这取意于《清明上河图》的巨幅木雕，两百多个人物硬拽着我一头扎回北宋时期的汴京。我一时间恍惚：我的前生、前前生，难道在里边？

在神木馆游走，就是不停穿越，思维跳跃。

《龙回头》围观者众，大家沉醉于金丝楠的华美与金龙的霸气神韵，不舍得离去。我端着相机，找角度，拍细节，试图拍得更细更全。

在用热带雨林的"见血封喉"木雕刻的"十八罗汉"面前，我伫立良久。树龄达一千三百多年的这方乌木，请十二名工匠费三年时间雕成，背面原本似天然画卷，根须在岩缝里风奔西突，寻找水源的样子触目惊心，便不用雕刻。无论曾多么桀骜不驯的人，终究得学会与尘世握手言和吧？就像经千万年重见天日的它，终是洗心革面，毒性殆尽。不然，工匠不怕被"见血封喉"？

滴水观音前静立着几个人。有一人双手合十，面容虔诚专注。侧立一旁的我，登时被一种气场笼罩——我呆呆望着菩萨，菩萨平静地看着我，我的灵魂一下子飞得很远很远……菩萨定知我前生今世，我还在红尘中懵懵懂懂。

出神木馆很久后，我都没能乘时光飞船回来。脑海里尽是神木馆的画面，可能是我第一次面对如此繁复的盛景？本土乌木，若青莲般大美无言；经匠心打造的异国乌木，已然一派中国风的奢华精致。

我问当地人，这神木馆是政府的？对方一脸崇敬，说整个神木园都是本地企业家宋云禄花六七年时间，斥资数亿元倾力打造。十几年前，宋老板迁走自己的电杆厂，计划造公园，却造出一座国家4A级景区，愣是为青城人民贡献出一座免费的休闲娱乐地。

我不禁对无缘谋面的宋先生肃然起敬——胸襟宽阔大爱无边的他，看来是彻悟了东坡精神的真谛。

东坡先生可不仅是靠文学成就而青史留名，他携旷世寂寞，无半语只字怨言。在入世与出世间来去自如，顺逆皆从容面对，寄情山水勿忘百姓疾苦——恐才是其被后世尊崇的主因。

未去中岩寺寻东坡旧迹，与神木不小心撞个满怀——穿越时空的一场精神交流，更令人浮想联翩。我总算明白，青神之神，原非单指教民农桑而"民皆神之"的第一代蜀王蚕丛氏，也非单指让人叹为观止的神木，更应该指的是东坡先生传承了九百多年的可贵精神吧。

回望长安

　　有些城市是可以用来长久回望的，西安就是一座。
　　我的人生第一次远行就是奔往那个城市，而彼时我年少轻狂，眼神里没有沧桑，不曾读得懂也无意去读懂那座城市。当年第一次登上古城墙的时候，欢欣雀跃，孩子似的在城墙上奔跑，还租过自行车骑，刁蛮任性、意气风发……多年以后在南京明城垣，跟小师弟在城墙上走着走着，脑海里唰唰而过的却是西安古城墙，眼前便晃动起年那个笑容可掬的洋来。仿佛是天意，久违十几年的洋听说我在南京学习，借出差之际特意绕道来探望。临走时，我陪他在火车站前的玄武湖边散步，笑谈西安往事，才惊觉西安在我心里根本绕不过也抹不去。
　　西安离我已然太遥远，所能想起的只是一些碎片。
　　是想起自长沙到西安的火车上，送我上车的小学同学Y，还是在火车上给我占座的洛阳小伙子？是想起回途中那对在拉萨工作的年轻夫妇，还是找我借《女友》杂志看的、长得像秦汉的郑州男孩？
　　其实提及西安最不该省略的是洋，青春腼腆的洋、一身戎装的洋，被年轻气盛的我轻轻忽略掉的洋。洋与我高中同届，读书时不在一个学校，毕业后才偶然相识。这个家伙一米七五的个头，本是帅小伙，脸上却长青春痘。他在西安读军校时我正在长沙读书，彼此通着信，小我十五天的他，老老实实喊我姐。

是洋几次三番的热情邀请才使我起心去西安，他说，你再不来，明年我可毕业了！也只有洋纵容着我的大小姐脾气，鞍前马后地陪着我去临潼，在西安城内逛风景，而我却假惺惺地装作什么都不明白。到后来，等我也放下臭架子，低眉顺眼地伺候自己爱的男人时，才明白爱原是可以令再骄傲的人也变得谦卑起来的。

而临潼我又记得什么？华清池、兵马俑？我想起了，真正记忆犹新的是临潼街上的石榴，再也没有吃过的个大汁多的甜石榴。

翻看西安事变厅、华清池的留影，怎么也找不到古城墙、大雁塔、小雁塔、碑林、钟楼的照片，其实当年为此事还生了洋的气——从临潼回来后，洋特意到班上借了个上档次的相机，没想到他不会摆弄，所有在西安城里拍的室外照全部报废。唉，不然今日我也用不着绞尽脑汁地拼凑古城的样子吧？好在还依稀记得西安城方方正正的布局、笔直宽阔的街道，恢宏气派的城墙，记得大雁塔、小雁塔模模糊糊的影子，正午的秋阳高悬，我跟洋累得驻足停歇在博物馆门口的空坪里。在城墙上买的那一方真丝白手绢，早已遗失在多年不断的迁徙中了。

邪门的是，洋用那个相机拍的室内照却张张完好。正逢一个老画家在博物馆内举办牡丹画展，我兴致很高，在一幅牡丹前留影，后面横幅上俨然"邵仲节牡丹画展"几个大字，看到过照片的友人都曾笑曰，你这是欲与牡丹试比高啊！若非照片背景里有画展的条幅，今生我都想不起画家姓甚名谁了。去网络搜索，查到了：邵仲节，著名国画家，擅长牡丹，素有"邵牡丹"之称，1926生于山西夏县。如此推算，当年他在西安办画展时才六十七岁。最近他还在四川长江画院举办"国色飘香"

牡丹画展呢。日子流水般地过去了，"邵牡丹"尚健在，当年与他画展意外相遇的我，也由从青春美少女变成平庸的中年女子了。

西安纪念除了照片，就是在临潼买的一组的小小"兵马俑"，至今还剩了三个摆在书架上。

那些记忆的碎片拼不起一座完整的城市，弥漫开来的怀念却不可遏止。

要论西安的小吃，最令我难忘的并非羊肉泡馍，而是牛肉夹馍，两面煎得有些黄，里面夹肉。一早去临潼之前，我们买了好几个当早点，吃得津津有味。在西安的一周里我只吃过两顿米饭，爱上了校门口四川佬小吃店的水饺，热腾腾的汤里放了芫荽末与虾皮，饺子在汤里显得小巧可人。我一顿可以消灭半斤，每次连汤都喝光。西安的苹果脆而大，又便宜又好吃，从某种意义上讲是苹果让我从此爱上北方，遥望北方，甚至向往北方的。

那年中秋应邀写过一篇随笔《当年的月亮》，描绘的就是那年中秋夜两个并没有牵过手的年轻人在灞桥附近的异乡校园赏月的情景。那时没听过张咪的《灞桥柳》，若早知灞桥的典故，我怎能不去灞桥，再折上一枝灞桥柳？"灞桥柳，灞桥柳，遮得住泪眼也牵不住手，我人在梦中，心在那别后呀，你可知古老的秦腔，它并非只是一杯酒……"古老的秦腔我至今没听过，但汉字就有这样的力量，每次只要唱到这一句，我好似回到千年前的长安。

千年前的长安是什么样子？是"一骑红尘妃子笑，无人知是荔枝来"？是"秋风吹渭水，落叶满长安"，抑或李白那首"络纬秋啼金井阑，微霜凄凄簟色寒"？

……

不管是千年前的长安，还是千年后的西安，都是看不够游不完的古城。这些年，一到历史文化名城，特定的场景总令我恍惚。或许必须到了这个年龄，回望时才会惊觉当初的懵懂。而懵懂自有懵懂的好处，若是那时就能在每一个转角或回眸间，不经意寻到自己千年前的影子，我也不是如今的我了。

2006年春从紫金山下来过马路找明城垣的时候，面善的市民给我带路，她的口音不是当地人，当她告诉我，她是西安人，我眼睛当即亮了起来，说，你们西安，真是好地方。她却轻描淡写地回答，西安好啥啊，城市旧旧的，我更喜欢南京。不可否认，我眼里的南京是非常好的，钟灵毓秀还不乏帝王之宅，但我也喜欢西安的古朴厚重啊，有几座城市能拥有着西安那样整齐的街道、写满历史的城墙？有哪个城市可以像它一样接纳过十七朝的天子，浓墨重彩地挥写过十七朝的刀光剑影、变幻风云？

想必人人都是这样的"灯下黑"，再好的地方，生活太久了必定司空见惯、不以为然，而只有异乡，在每一旅人的心里，都是最美丽的地方、最想抵达的光亮，更别说西安这样可以勾人魂魄的城市了。

第三辑　江南江北送君归

梦里南京

从刚调入森林公安起，南京就成了我心里一个要等待七年的梦。当年在湖南公专操场上一堂警体课前，几个怀化新警扳着指头数着，哪些同学将于2007年司晋督，相会南京。

梦想早早照进了现实，2005年的初夏，从天而降一个机会，我去南京参加政工干部培训班，跟洪江局的辉成了室友。

那年的南京，暮春的影子尚在，初夏的微风已经轻拂。我跟辉不时逃课去逛南京的湖南路……有一天去夫子庙，吃鸭血粉丝汤，买真真假假的雨花石。逛累了，就静等夜幕降临。凝神伫立在暮色里、拱桥上，看画舫在波光潋滟的秦淮河上缓缓而过，听吴歌穿越千年而来。后来几次去了那里，跟着不同的朋友，有的却是相同的心境。在那里，恍惚回到富贾云集、青楼林立、画舫凌波的明清年间，依稀瞥见秦淮八艳：董小宛、李香君、柳如是、陈圆圆等等绝色女子袅袅娜娜鱼贯而至，杜牧的《泊秦淮》亦若隐若现地飘进耳朵："烟笼寒水月笼沙，夜泊秦淮近酒家。商女不知亡国恨，隔江犹唱后庭花。"

世人都说历史成就了秦淮河，想必也真是如此——南京作为六朝古都，秦淮河作为南京的母亲河，千百年来秦淮河夜夜的笙歌，成就的是博大精深的秦淮文化。

也是那年，我第一次去了中山陵、雨花台、总统府和南京大屠杀纪念馆。南京一日游让我们记住了历史，见证了南京人民的多灾多难却英勇不屈，也让我结识了一个好朋友——丽江的雪。那年秋天，在森警群里，还结识了一个刚从公安学院毕业的见习生C。他长得有点像濮存昕，单眼皮、幼稚单纯，不知怎么就跟我在群里混熟了，说起南京离他家只有两个小时的车程。听说我次年还会去南京，还没看过南京长江大桥，他就自告奋勇：师姐，到时我陪你去看长江大桥吧！

我没当真。

我的司晋督培训提前了一年，2006年春天我重返南京。当年在长沙约好南京再见的只有文跟平，还有未曾预约的辉与婷。

整个烟花三月在江南度过，欣喜跟愉悦无法用言语来形容，南京便是我梦想多年的江南吧！

没料到，抵达南京的次日，正逢愚人节，C空降到学校。他的青涩与高挑，让我想起自己的青葱岁月。他说，师姐，我带你去长江大桥吧。于是，我们坐公交车到了南京长江大桥，自桥中央的电梯下去，穿越长满不知名野草的河滩，到了长江边。那是我第一次近距离地看长江。那天的江风，吹散了我的长发，我们站在江边不言不语，望着江轮鱼贯而过，秦淮河的入口处，在不远的地方若隐若现……

而南京让我难忘的，不仅仅是长江。

也是C，次周末又来到南京。这一次，他带我去爬紫金山，从后山爬上去，到达头陀岭，那里只能远眺中山陵。再坐索道下山，穿越一条马路折到了明城垣。对明城垣念念不忘，我也说不出原因，只知道登上高高的城墙，就可以顺着笔直开阔的大道一直走下去，走下去，走回

105

七百多年前的南京，乃至走回两千多年前的金陵！晚唐诗人韦庄曾写过一首《台城》："江雨霏霏江草齐，六朝如梦鸟空啼。无情最是台城柳，依旧烟笼十里堤。"他所描绘的台城，并非现今的这段城墙，而是城墙的所在地，他当年凭吊的也仅是台城的遗址罢了！不过，千年之后附会的这个台城的周遭，"依旧烟笼十里堤"，一眼望不尽的，还是娟秀妩媚的玄武湖。史料记载，南京明城墙，据估算共耗费了数亿块城砖。城砖材质的土性呈多样性。城砖来自各地，多数城砖还留有铭文，少则一字或一个符号、记号，多则七十余字，是南京明城墙历史文化遗产价值的重要组成部分。两年后去周庄，才得知这段让我铭心镂骨的城墙，竟有三分之一的费用来自于周庄大户沈万三的捐助。沈万三因太显富，引发了朱元璋的嫉恨，被流放边陲云南（今贵州安顺），最后郁郁终老。但他资助过的明城垣，还无声地守护着古老又年轻的南京城。后人说起，谁会避过沈万三的大名？

　　南京的厚重与大气，不是我可以悉心描绘的。读懂一座城市，需要怎样的阅历与时间？我不过是南京城的匆匆过客，只是不止一次在秦淮河的夜色里揣想过夫子庙当年的盛景；也不过矫情地伫足在文德桥上，在人流中感怀过一番久远了的十里秦淮，更不过是再随南京一日游的同学钻了一回"旧时王谢堂前燕，飞入寻常百姓家"的乌衣巷；而我错过了玄武湖的樱花，只能在照片里艳羡着樱花与辉、婷的亲密会晤。约好去看樱花的日子，我临时远赴了滁州与合肥，注定与樱洲的樱花失之交臂。只在每天去操场的小路上看着孤零零的一树粉白的樱花从盛到衰。等到花落尽时，我们离开了南京。

　　记忆里的南京，依然有高高的古城墙、绿茵茵的紫金山、寂寞并灿烂着的樱花树……而梦里，梦里我偶尔再回到那座充满神秘磁场、写满历史与往事的城市，在数不尽的立交桥下肆意穿行。

柔软的周庄

一

在大巴上，听导游讲周庄的秀美已经抵不上乌镇和西塘。我便揣测，开发过久的风景犹如年老色衰的女子，看得到当年的秀美轮廓，却掩饰不住脂粉满脸吧？霎那间，对周庄没了最初的好奇感，一路上翻阅着关于周庄的两本书。

周庄经过了九百多年的风雨变迁，时至今日，大部分仍为明清建筑，据说仅有不到半平方公里的古镇，有着近百座古典宅院和六十多个砖雕门楼，沈厅和张厅是当然代表。曾经富可敌国的沈万三，对周庄的发展起了不可磨灭的作用。沈家气派恢宏，张家相对弱些。有人分析说，张家并非不富，是财不露白，才不至于落到沈万三的悲惨结局——当年朱元璋造南京城墙，沈万三出了三分之一的钱，还想为朝廷犒军，结果被朱元璋发配到了云南，郁郁终老。

真正进了周庄，沈厅也好，张厅也罢，因随着人流进进出出，没有留下特别的痕迹在心，无非都是深宅大院。江南民宅硬是与别处不同，张厅一副对联引人注目，上联是"轿从门前进"，下联是"船自家中过"，说的是花木扶疏的后院，有一条唤作"箸泾"的小河，贴着墙根流来，穿越水阁而去，因其与南湖相通，河水尤为清洌。而沈厅，位于富安桥东堍南侧的南市街上，坐北朝南，大小房屋共有一百多间，分布在一百米长的中轴线两旁，占地两千余平方米。厅的第五进中，安放着沈万三的坐像。他的面前有金光闪闪的聚宝盆。游人都在那里投掷硬币，说是投入不落入水自然是有财运。我连投几个硬币都是滑下水的，知道自己此生不会是有钱之人，遂不做念想。

后来，我与队伍走散，一个人在巷子里钻来钻去，不知不觉爱上了周庄。即便它到处是店铺，寻偏僻处，还能找到未被破坏的景象。

再喧闹的周庄，在我眼里依然静美，只确实有些残败。水浑浊的缘故，让我不由得想起凤凰沱江水的清幽和丽江古城里小溪的澄澈。这点点破败，不过是微瑕。你爱一个地方，是不需要它太完美的。沿路可见绣楼，户户人家二楼木窗半掩，似乎里面还住着旧时人家的闺女，而我是打青石板小巷路过的谁家的公子么？沈厅的绣楼最为气派，窗户大而精致，一排雕花窗有的半张，有的虚掩，木楼窄而陡。恍惚见着了沈家女儿们在半掩的雕花木窗前频频往下张望，无心女红。而我已然成了当年可以随意出入沈家宅院的某位富家公子，傻傻痴痴地偷偷往上瞄。

周庄的石拱桥一座接一座，都唤不出名字。唯有坐在桥墩上，看对面的小桥流水、粉墙黛瓦，看橹船轻轻摇过，飘下一路吴歌，就不由得忆起已渐渐淡忘的秦淮河来。秦淮河里画舫多，最美亦是夜景，而周庄几乎皆为橹船，只不过皆为江南。

我来不及坐在船上给旁人当风景，便坐在岸边看风景。江南水乡的玲珑剔透，是心底的一个迷梦，在许多的电影电视里晃过。

蜻蜓点水般地自周庄掠过，购得的不过是两套苏州特产小石壶，摆在你和我的书柜上。

等我逐渐在秋日下午的阳光里揣摩到它的韵味，我们已作别周庄。

二

都说周庄已不复当年余秋雨笔下的安然宁静，很庆幸没见过它当年的更好，我才可以心无旁骛地喜欢，就如喜欢一个我见过一次就可能暗恋上了的男子。他曾经怎样，他再怎么变，离我再远，在我心里依旧是最好。"弱水三千，只取一瓢。"这话我曾经不太明白，可到了周庄，明白取了这一瓢是我心甘情愿。纵是其他水乡再醇美，因着不曾抵达，周庄便是我心里最美的。

我已经捕捉到周庄被商业气息裹住下的依旧不曾尽失的自然温润本色。心静，哪里都是静的。

贪恋这样安静的地方，就像曾经贪恋束河古镇的清远恬淡一样。我多想就生活在这里，有一座带着绣楼的旧宅子，可以很小，只要有睡觉品茶写字的地方，不要深宅大院，不要佣人，不要后花园，都不要。只要有他，有一双聪明伶俐的儿女，粗茶淡饭就可。爱人写字时，我就给他端砚，给他泡好他爱喝的上好杭州胎菊，再坐在向阳的木格子窗前读自己想读的书，或是做一点女红。等落日余晖浅淡地洒落在身上，我就去厨房，快乐地安排夜饭。一双儿女放学归家，嬉笑着去惊扰安心写字的父亲，而后簇拥到我身旁，开心地喊着：娘，今晚做什么好吃的？
……

爱人，如果有来生，让我们就投生在那条巷子的相邻两家，两小无猜地长大，青梅竹马地相恋，直到永生，没有任何外人惊扰。闲时，我可以与你从这条巷转到另一条巷，水和桥如影随形，我和你如影随形。波光倒影里，看得到彼此的影像；日暮，我们一道去南湖边走走，去看有"水中佛国"之称的全福讲寺，踏踏蜿蜒曲折的花廊，听听寺庙的钟声；周末，带一双儿女郊外踏青，任他俩在前头嬉戏，你与我始终牵手低吟浅唱。

这样的周庄，可是，可是你和我多少年来共同的梦想？

印象西湖

　　两次去西湖，都是跟团。不同的只是一次初夏去，一回是深秋去。归来，人问我西湖如何？总是快快地答道：你们去，不要跟团走。

　　而后，总是试图把在丽江古城的酣畅淋漓、坝上草原的神秘悠远，说与旁人听，不提杭州，不提西湖。有时又忍不住点开张靓颖那首《印象西湖雨》的MV，让如诗如画的西湖入梦来。

　　梦里的跟所见的相距甚远，那不是西湖的错，只是时间的错。

　　初夏那次去西湖，倒也桃红柳绿、姹紫嫣红；秋天去，杨柳依旧青青，只是青得已不够透亮。都是在人头攒动的苏堤上快步行走，连肆意徜徉的工夫都没有。

　　都是在西湖上跟着游船打个转，导游在遥指那是雷峰塔，那是三潭印月，那是断桥……而我总怔怔地望着一面灰蒙蒙的西湖水，偶然回望一船嘻嘻哈哈的陌生人。

　　两次去西湖，都只能远眺白堤边的断桥。陆陆续续任关于断桥名字的由来充斥入耳：一是断桥谐音段桥，曾有个美好传说；二是积雪初融时的断桥向阳面，会露出褐色的桥面痕迹，看似断了一般；三是孤山在此而断，白堤以此起点。

遥望隐隐约约的断桥，心心念念，只因那里有着许仙与白娘子的传说，盼着有一天能和爱人一起走向并未断的断桥，或许能寻到只有我看得见的、千年前的那把绢伞。断桥上，白娘子初会前世的救命恩人许仙，同舟归程，借伞定情；水漫金山之后，又是在断桥，与许仙邂逅，再续前缘。

这样的断桥，怎能不让人心生向往？同行的老师曾玩笑地约我一同往断桥赶，终因时间不够，才走出苏堤不过数百米，又折回。戏说，留一段念想，到来年。

来年，这个来年有多远？

张艺谋执导的《印象西湖》的主题歌《印象西湖雨》，是喜多郎作曲、张靓颖演绎的一首绝美的诗。词作者王潮歌用婉约的画笔勾勒出一幅凄美的西湖雨中图——

  雨还在下，落满一湖烟
  断桥绢伞，黑白了思念
  谁在船上，写我的从前
  一笔誓言，满纸离散……

张靓颖的歌声犹在耳边回荡，像真的在一个雨季，我回到了西湖。

我与爱人共撑着一把绢伞，从苏堤慢慢踱向断桥，执依依的柳，望一湖的烟，看船上的你和她，听渐行渐远的誓言……

苏堤很长，梦很长。爱人眼里的波光，一闪一闪。爱人身旁的我，柔弱地倚在他的肩头……而突然间雨大了，雷响了，梦醒了，伞没了，爱人转瞬不见，遥远湖面上画舫里的你和她，已在深情凝望，留我一人在还没抵达断桥的白堤上淋雨,绢伞被风刮到了哪里?天在呜咽,柳枝在轻颤,雷峰塔若隐若现,孤山近在眼前……

迷蒙西湖,还是张靓颖的千古绝唱——

雨还在下,淋湿千年
湖水连天,黑白相见
谁在船上,写我的从前
一说人间,再说江山

写我从前的是你和她,还是千年前的白娘子与许仙?罢了,罢了,忘掉雨里的往事,忘掉雨里的爱人,忘掉船上的你和她吧!

……

回到明媚的西湖边,回到阳光下的人间天堂。

只是,千年前的西湖,曾是白娘子与许仙的天堂;千年后的西湖,又是谁的天堂呢?

是杭州人的天堂。他们生在风光旖旎的地方,拥有如花似玉的美貌,说一口吴侬软语,品的是西湖龙井。这样的人间,是谁不愿意去的天堂呢?

每一个旅人,都可以在天堂里暂短停留,驻足凝望也行,信步堤岸也行,在雨中的断桥边追忆千年前的聚散,在雨后的苏堤上尽享和煦的微风……爱人,在那里,春天可以去湖边观烟雨朦胧的垂柳;夏天可以去曲院赏飘着酒香的映日荷花;秋夜泛舟湖上领略"烟笼寒水月笼沙"的美景,再让三潭印月的奇美尽收眼底;而后到白雪皑皑的冬季,又可以回到断桥边,等待着大雪初霁。可是,爱人,你如何知道,我只是愿意来世投生在那里,依然做一个女子,当然要做一名绝色的女子,一年四季在西湖边流连,夹一块画板,画尽西湖的春夏秋冬。我也在那里,期待着你突然地入画。

梦幻三清山

若非笔会说要去看三清山，我压根没想过世上还有一座叫这个名字的山呢！冲着这座被传得神乎其神的山，我如约去了江西，去了上饶，去了百灵草山庄，认识一拨新的文友。

那时，刚立冬几日，烟雨正迷蒙。

笔会的最后一天，我们早早坐上大巴从百灵草山庄出发，跨过清澈的信江，穿越上饶市区，来到了传说中的三清山。我在湘西长大，一般的山，难得打动我。下车时，群山并未带给我别样的惊艳，记得住的只是停车场边新栽的银杏树，稀落落地飘舞着蝴蝶般的黄叶。

走栈道时，方觉三清山的气场。浓雾环绕群山，栈道曲曲弯弯，当时是有些恍惚的。总在傻想，如果家在这里，清晨与日暮可以与爱人徜徉栈道，该是如何的良辰美景？

烟雾遮住了山的本来面貌。奇迹出现在我们刚到"巨蟒出山"的景点时，一干游人正在浓雾包裹之下的巨蟒前争相留影时，太阳出来了。阳光轻轻地剥去巨蟒身上的雾衣，一层层，温柔地。我听到周围的惊叫声,栩栩如生的巨蟒浮出,阳光泻下来,丝丝白云在游走。

往巨蟒左前方的栈道继续游走,又一个奇观出现了。当地老师指着前方一座雕塑般的山头问大家:看,那像什么?一个齐耳短发、从容安静的"女子"端坐在对面山巅,下半身云雾缭绕,头顶上却是一片湛蓝。大家异口同声说:女人。老师说,对了,这是司春女神,她与巨蟒遥遥相望,深情,凝重,其中有个美丽传说呢!玉皇大帝之妹玉虚,因耐不住天宫的清规戒律和孤单寂寞,扮成村姑下凡,正好来到三清山。她只顾观景,身子不小心被树枝划伤,鲜血染红的大树,变成了三清山的高山杜鹃。正巧孟屹奇采药路过,将她救回家养伤。玉虚爱上他,决意留在人间。玉皇大帝获知后,把玉虚抓回天庭,又派乌龟精用法术将孟屹奇变成巨蟒,压在玉台之下的山谷。孟屹奇忠贞不渝,日夜仰望星空,思念着玉虚。玉虚得知爱人被害,也不顾一切冲出天庭,飞身三清山巨蟒身旁,和他永远相守……听着传说,赏着美景,心里暗暗称奇,若干亿年前的沧海变成了仙山,在地质史上历经多少沧桑巨变啊!造物主一定晓得人类有浮想联翩的本事。于是,尽可能地塑造三清山,好让人们赋予山峰一个又一个美好的传说。

越上观景台,我看到了云海,像是西双版纳上空见过的云海。不,那年初秋在西双版纳上空看过的云海到底还是不一样。那回是在云海里穿行,隔着舷窗,无法触及晶莹洁白的世界;在三清山,则是远眺云海,伸手似乎可及。三清山的云海多了些许人间况味,近处的树枝在风中摇曳,远处的山与天相连,在云的牵线搭桥下,正羞答答地拥吻。山峦在云海里影影绰绰,山风吹送阵阵清凉,万丈光芒自苍穹泻下。我心里瞬间闪过玉龙雪山的影子。

我总是身在一处想起别处,想起别处遇见的美丽,想起白云生处的他乡。而今,回想三清山,栈道两旁沉寂的杜鹃树,再过一段时日,也该映红山谷了吧?峭壁间玉树临风的迎客松,可会记得曾有一个异乡女子,立在不远处,凝视它很久?

三清山予人最深的印象，不在于其群峰矗天，幽谷千仞，而在于，攀登在渐行渐急促的栈道时，一转身一回眸，总能望见耸入云霄或隐没于烟雾间的绝壁或山峰，它们总被神出鬼没的云雾挑逗装扮，起初犹抱琵琶半遮面，再羞答答地露出俏脸，等你还目不转睛沉浸在它的美丽中时，它又迅速地把面纱拉下，跟你捉起迷藏来。你是路人，没时间傻等，一步三回头之际，它尚在乐此不疲地玩着捉猫猫的游戏，令人欲罢不能。云雾把三清山装扮成仙境，以前我只在电影电视里看过的仙境，所以置身三清山，我早已穿越时空的隧道，回到金庸的武侠时代。在武侠剧里，我会是怎样的女人？是否身轻如燕身怀绝技又貌美如花？能否遇到张无忌那样的男子？毛阿敏唱的《倚天屠龙记》主题曲我始终记得："让他一生为你画眉，先明白痛再明白爱，享受爱痛之间的愉快，江湖的纷扰自有庸人担待……"江湖的纷扰自有人担待，在三清山时刻坐看云起时啊。

　　"东险、西奇、南绝、北秀"的三清山，我们仅领略了"南绝"，这不能不说是一个遗憾，也让我对没领略过的景心生念想。遗憾的是，没能拜访仙风道骨的道士，没法亲临山北的三清山道观。道观为明代大规模重修，已残破，古旧的东西不翻新，才更有"天人合一"的感觉吧？我愿意相信，三清山的道士千百年的仙风道骨仍在，更愿意在古老的道观里听道人传道，洗涤自身的灵魂。在心里揣想了三清山道观千百遍，若再去三清山，定要去住上两晚。只看云卷云舒，雾拢雾散，再去拜访一下道观。

　　每个人心中都有不一样的三清山，肉眼看不尽它的瑰丽多彩。能列入世界自然遗产之列，足以说明它的独特所在。去了趟三清山，人家问我的感受，我只有一句：如梦如幻。

　　三清山，让我这个山里妹子始终藏着一个情结——若时光可以倒流，我愿意回到千百年前，成为金庸笔下的女子，跟我的张无忌生活在那个世外桃源，不惊羡盛世里的繁华，远离浮尘里的喧嚣。只要，只要他一生为我画眉。

福州"福果"天门山

　　被邀到福州，一座榕树根须垂落满眼的城，依水傍海，山水不险峻，人们淡定悠闲。友问我想看什么地方，我脱口而出，土楼！友笑曰，土楼在龙岩和漳州，离这好几百公里，台风将袭，路上怕不安全。我有些失望：那就找个可以发呆的地方吧，顺便定稿我的那本书。

　　既是发呆，就得山清水秀呀。友选来选去，派车将我送往离福州市区五六十公里以外的天门山景区。

　　一路上司机介绍说，现在是看福建山水最好的季节，天门山景区位于永泰县葛岭镇溪岭村境内，属青云山系，国家4A级景区，国家水利风景区之一，是两位美女企业家的大手笔，被福州人称为"福果"。

　　我笑应着，自忖走过国内大大小小的山水，出生在以山水著称的怀化，若非别具一格，哪一处的山水都很难吸引我，何况光国内叫天门山的就有十来个呢。

　　当越野车将我送进天门山度假村时，我惊讶了：这里没有常见的景区气派，更非人山人海，大峡谷赫然眼前，云雾在山顶缭绕，从景区流出来的溪水，在山门右侧悄然拦截成坝。坝下，便是天门山夏季漂流的起点。

坝的左侧是依山而建的欧式风格的度假村，四层。走进大厅，我便被有着观光电梯和高高天井的大厅吸引住了。那天下雨，才放下行李，友请我去天井里喝工夫茶，雨水正在天井顶端玻璃上不急不缓地写诗。

雨足足下了两天，我在山庄改了两天稿。第三天早晨晴好，友说，趁早进景区吧。

并非头次山中探幽，但徜徉在山间，还真是第一次。栈道旁的涧水时而激烈，时而平缓，对面山上的三叠飞泉如一幅清婉的挂画。栈道修得古朴结实，不同于我走过的任何栈道。刚好容得两人并肩的栈道上有一些落叶，跟青山绿水煞是相衬。阳光正洒在溪水和丹霞地貌的山上，因着茂密树木的掩护，栈道上只偶漏些许光影。起初，游人就我们这一拨，山里除了虫鸣便是涧水的欢笑声。不时有娇媚的藤映入眼帘，友笑道，你看，世上只有藤缠树吧？我不认得栈道两旁都是些什么树，但缠着树的藤，或若青蛇般妖娆地蜿蜒攀附，或呈八字形地依附在树干旁，无不柔若江南的女子。千姿百态的藤和百媚千娇的涧水，足以勾勒出一幅幅山水画卷，在阴凉的栈道上慢行，惬意无比。

这山这水，适合的不是旅行团，适合憋久了的城市人来透透气，且歌且行。

峡谷里的流水声与虫鸣此起彼伏，偶有蝴蝶在花草上稍作歇息，又翩然掠过水面，飞至另一枝头。潜伏在丛林的不曾谋面的虫子和脚边蜿蜒的山涧，是天门山的"原住民"，用各自的语言为天门山歌唱，唱给春夏秋冬听，唱给来探幽的人听……

三岔口，左边指明去万石瀑布，右边自小桥而过，通往地下河。我选择先去看瀑布。在藤殷勤地指引下,在溪水细心地护送下,折过一座窄木桥,无视正前方空寂的木屋,远远瞥见左前方树木遮蔽下的万石瀑布。万石瀑布比三叠飞泉壮观,未曾近身,便有水雾模糊了我的双眼。穿着短袖,凉意飕飕地袭来。飞瀑的气势总让人想起李白的诗句:"欻如飞电来,隐若白虹起。"不止一次领略过瀑布的大气或优雅,无论在哪,无论远眺还是身临其境,瀑布都是深山里不容忽视的风景。

探访地下河时已近中午,进山路依旧没有旁人,山涧一会沉静如一泓湖水,一会又若热情的姑娘,令人目不暇接。不知走了多久,沿着一条栈道下行,地下河宛然眼前,可惜早两天下雨,沿地下河修建的栈道已涨水,只能在这端遥观喷薄而出的地下河。身后,是山上下来的涧水,与地下河交汇后再一路奔往山外。友说,一道天上水,一股地下水,奇妙地结合一处,你中有我,我中有你,生死相依。我说,大自然的奇妙就在于此啊!每次进山,看到山水相依的场面,就会想到世间男女,山水永远相亲相爱,而尘世间的男女有多少始终如一?

见过比天门山更绮丽的山水,但太多山水需长途跋涉才抵达最精妙处。而永泰的天门山,从进山的那刻起,每处风景都能抚平你的忧伤。同样是青山绿水,同样是栈道、小桥、险滩、激流或浅滩,为何感觉这座天门山,树荫间跳动的阳光更温馨灿烂?

每天睡到自然醒,一觉醒来就远眺梦幻的山峦,真的忘却了世间的喧嚣与不如意。若有家人相伴,想进山时便沿栈道并肩走走;想发呆,便可以站在阳台上望望群山;想尝尝金骏眉、大红袍,便可到天井里泡上一道工夫茶……那真是神仙日子啊!我相信,这也是两位企业家开发这一福地的初衷吧。

119

阳春三月下阳春

想望

我历来喜欢把农历三月说成烟花三月。因此，一直以来，漠视了"阳春"这个词，直到早春二月里，散木兄打我电话，问我愿否参加四月份在广东阳春举办的一个文学采风活动？我笑了：那将是阳春三月下阳春啊！

几乎在一刹那，我喜欢上了这个名词。去百度，才知道阳春素有广东"小桂林"之称，我的家乡怀化也有一处"小桂林"，名唤思蒙，十里碧水丹霞，如一幅云烟氤氲的水墨丹青。那么，阳春呢？

这个拥有着中国最南端喀斯特地貌的小城，这个有着温暖如春的地名的小城，这个陌生的有着许多传说的岭南小城，该是怎样一幅隽永的画卷？

我在想望中，等了一个月。

等到了阳春三月,终于绕道广州抵达阳春。

还在广州至阳春的特快上,遇到几位阳春的大学生。随口问,你们那里真风景如画?他们说,还真没注意。不过,有个春湾石林值得去看看。

我理解孩子们,在我年轻时,我也总以为美景在他乡。

旁边一个清秀的阳春妹子告诉我,你去阳春,一定要买一样药材回去:春砂仁。

春湾

阳春第一日,游览春湾石林和龙宫岩。

走进春湾石林,不由得想起云南石林。云南石林有阿诗玛的传说,春湾石林呢?当地文友说,春湾景区还有一处通真岩,有刘三姐的传说呢!相传唐景隆年间,广西贵县刘三姐与祖父自广西传歌至此,得道升仙,当年的传歌台和刘三姐祖父的陵墓仍在。

那天,艳阳似火。跟温文尔雅的王剑冰老师、高挑素净的禾素姐等漫步在春湾石林的小道上,仿若回到了两年前那开满夏荷的东莞桥头。

沿途的三角梅正开得恣意。我笑说,怎么着,每个地方的三角梅开的感觉完全不一样。

云南大理的三角梅,大都开在山野,颜色各异,烂漫张扬;我家乡的三角梅,多开在农家乐的花坛,玫红色,不艳丽,不恣意更无烂漫之态,就像训练有素的小姐,徒有一张假假的笑脸;而阳春的三角梅,不仅恣意,且珠圆玉润,不由得让人心生欢喜。

自石林出来,跟着大部队走到龙宫岩前,我本不想进去,说,湖南这类溶洞太多,大同小异,可他们说,不走回头路的,我只好边心疼自己的新皮鞋,边跌跌撞撞跟进了长廊般的溶洞,很快,就被岩内绚丽多彩、玲珑剔透的石钟乳所吸引，它们确实跟我游览过的诸多溶洞一样：曲径通幽，犹似海底龙宫。但每走一回，还是不得不叹服大自然的鬼斧神工。

蜻蜓点水般掠过阳春，还有很多风景来不及去读。谁早说过，到任何地方，要留遗憾，才能念念不忘——想必，阳春笔会的组织者太熟稔大众心理，便故意留着悬念，期待再一次相约阳春。

春景

从画院出来，赶去一处农家乐吃晚餐，我坐的是文友葵花的私车，掉了队。

仿佛是上天有意安排，因为找不到路，电话里又说不清楚，便不得不绕了道。谁在说，条条大路通罗马？

不经意间，见识了岭南的田园风光：秧田水汪汪的，秧苗稚嫩的脸齐刷刷朝我们微笑；路旁不知名的小白花，三五成群地簇拥着，交头接耳着人类听不懂的悄悄话；远处的山峦沉静，车子飞过之处，不时涌入眼帘的，是这丘田一座清秀小山包，那丘田另一种风韵的小山头——总让我想起同有"小桂林"之称的思蒙。不同的是，思蒙始终山水相依。

在阳春，很少看到山水缠绵。现在想来，应该是我们走的路线远离阳春的母亲河漠阳江。只在高流古墟旁，我一眼瞥见灌木林掩盖下的高流河。他们告诉我，这是漠阳江的支流。

若早知竹器放进高流水里泡一泡，永远不会生蛀虫；身子到河水里泡一泡，能预防皮肤病；鞠一把河水洗一洗脸，就不会长痤疮……我一定会跟邢云、白玛到河边打个转，取一瓶高流河的水带回家。

扶桑

在阳春，餐餐吃到春砂仁做的菜；在阳春，还见到了传说中的扶桑花。

第一次看到扶桑，是在春湾石林。爬山的时候，一树从没见过的大红花映入眼帘，我随口问，这是什么花？客家妹子葵花说：大红花。我笑，这么俗的名字？旅居香港的傣家妹子禾素道，该是扶桑吧？我一惊：这就是扶桑花？

多少次在书本里读到这个充满诗意的花名，得以相见时，真如遇到心仪很久却从未谋面的佳人。

也怪，自认得"大红花"后，在阳春，处处能见到它热情奔放的身影。

在春都温泉一觉醒来，跟甘肃妹子丽君、湘妹子雅静去庭院拍照。芳草如茵的世界里，除了远处隐约的山峦，庭院里叽叽喳喳的鸟鸣，最抢眼的便是扶桑花了。

李时珍《本草纲目·木三·扶桑》中云："扶桑产南方，乃木槿别种。其枝柯柔弱，叶深绿，微涩如桑。其花有红黄白三色，红者尤贵，呼为朱槿。"吴震方《岭南杂记》卷下："扶桑花，粤中处处有之，叶似桑而略小，有大红、浅红、黄三色，大者开泛如芍药，朝开暮落，落已复开，自三月至十月不绝。"

扶桑的花心，由多数小蕊连结起，包在大蕊外面形成，如同奔放不羁外表下的一颗纤细之心。

这让我常常想起生活中许多女人。

阳春见到的扶桑，是很正的大红，跟那年鼓浪屿的凤凰花的鲜红一样，早已深深地嵌进我的心里。

回望

走进阳春时，阳春已如初夏，着短袖，忘记了自己甫从春雨绵绵的江南来。

走出阳春时，我没有带走春砂仁、孔雀石，却带走了王剑冰老师和黄锋的书法，带走了汉顺兄的虾和字，带走了兰心的兰……

我的相机还带走了一张张新朋旧友的笑脸，一幅幅如诗如画的阳春山水。

对比起湘西南的水墨山水，岭南的山水更似西洋画。

对比起湘西南山里人的执拗直爽，岭南的人们更热情奔放：他们像火红的扶桑，鲜艳、风情，有着一颗颗细腻多情的心。

——儒雅低调的文联陈主席，声音洪亮不辞辛劳的黄万里，能歌善舞的帅小伙金童，翩翩起舞的花蝴蝶雪梅，双目含春的张秀，漂亮端庄的玉鹏，阳春书画院的书画家们……他们鲜活的面孔，总不时在我心头晃悠……

我想，阳春三月下阳春，这又将是我"尘世间的旅行"里浓墨重彩的一笔了。

第四辑　一屏烟景画潇湘

瑶寨五宝田和庙前民居

在俗世里待久了，就渴望大自然。

哪怕是平安夜里一个人站在舞水边，也会突然想起生我养我的潕水，想起秋夜里的湘江，想起经历过的其他大江大河，不知名的小溪和涧水，想起在夏夜的厦门海滩，我如何试图走进暗涛汹涌的大海。

想起在尘世间的旅行中，必经的景致与偶遇的人。

想起虚虚实实的过往，似梦似真的曾经。

想起印山那一地的落叶，庙前民居清冷的小巷。都是不见阳光的冬日，一样让心渐冷却。

遗忘的，淡忘的，最终都将不复存在。我如何揣想，在老得动不了的时刻，端一杯浊酒，掬一捧残泪，邀当年的知己再相对而坐，如同在凤凰的那个清吧，小酌，再凝望彼此的华发和皱纹横陈的老脸，我们会不会眼含热泪，道一声：别来无恙？

在尘世里当了一辈子的演员，赶了一个又一个场子。今日与他同台，明日与你相约，热闹抑或寂寞的一出出大大小小的戏啊！因为天资，也因为机缘，我从来只是一名蹩脚的配角，却尽心尽力扮演好小角色，在别人的故事里，流着自己的泪，无人懂得我骄傲外表下那颗谦卑敏感的心。

其实，我始终愿意当一名看客。偶然跃跃欲试，"扑通"一声跳进水，发现自己是只旱鸭子，只能尴尬地上岸，从此视深不可测的江河为洪水猛兽。

像藏起一些不宜人知的真相，飞快地把点点滴滴的悲喜咀嚼，咽进肚子，烂在心里。只愿吞咽的刹那，没有饱含热泪，没有翻江倒海般的回忆，唯有内心最本真的东西悄悄向你颔首。

最本真的地方，往往藏在以为很难找到的深处，只是天遥地远而已——比如这种深山瑶寨，比如庙前民居，比如长满青苔的深宅大院、斑驳的青砖黛瓦和虽残破却依然骄傲的老木屋……还有，多少年后，一直蜗居在这里的原住民。

偶然来逛逛，这里自有震撼你心灵的物；若需用一生来厮守，估计又不时念想着城市里的川流不息的人群、车流了。

光影魔术手下的枫木寨

早春，温暖的阳光与清新的空气，把我们牵引到了它的身旁。那里有一条不知名的小溪，溪水清澈见底，有村民在溪水里洗衣服，溪边有个可爱的三四岁小童，望望我这个陌生人，又望望他母亲。我心一动，从包里找出糖果递给他，他不敢接，一直到他母亲唤他拿着，他才腼腆地收下。

那座侗寨叫枫木，我们在公路边发现了它。我喜欢进村口的那一座石拱桥，喜欢很低的河床，喜欢对面半山腰上的一座座木屋。踏上一道窄而高的石梯，一座洁净的庭院呈现眼前。院子右边有几株光秃秃的枫树，树上挂着无数鸟窝，院子正前方庞大着一棵不晓得多少年的枇杷树。主人说，枇杷可比市场卖的好吃很多。木屋右边挂着一排刚洗好的婴儿衣物，原来这家刚添了人丁。年轻母亲刚好出门晒太阳，没满月的婴孩正趴在她背上酣睡。

正好有客人来拜年，宾主一再招呼我们进屋坐。我们没肯进屋，他们便搬来小木凳，又拿来甘蔗塞给我们。转眼间，主人还给每人端来一碗糯米甜酒，并殷勤地问，你们城里有这样的东西没？我笑说，也有甜酒呢，就是没你们的好吃。主人憨笑着又进屋忙乎去了。我们赞叹屋外风景时，短发清秀的女主人自豪地介绍，这里秋天最美。我说，是啊，枫红时节，可以想象。她说，不仅仅是枫叶漂亮，主要有很多鸟儿在枝头闹，城里人都喜欢来玩呢！

因为时间缘故，我们告辞，下坡往溪边走去。初春的溪水清浅，溪对面的一垄田里躺着两头黄牛，正安逸地晒着太阳；岸边的村庄安谧宁静，太阳朝我温和地浅笑。

再美的地方总要离开，我们只是看风景的人。

村头茂密的老树下，坐着两位婆婆。有一个是我们刚进寨子遇到过的，她热情地招呼：你们吃午饭没？我们扬声笑道，还没呢，没事，待会去县城吃。起身告别时，女主人曾热情挽留我们午餐，说家里正好有客，在做午饭，一起吃吧。我们到底是不好意思，不顾肚子饿，婉言谢绝了。我约了老人一起照相，两个婆婆爽快答应，一位老人自然地将一只手放在我膝上，突然让我想起了早已不在人世的祖母。

有一丘田的油菜花开了。阳春三月泰州千亩垛田、盛夏坝上草原上的油菜花，霎时一一叠入眼前。早春、阳春、盛夏，不同时节、不同地方，一样的菜花地，人们栽下它们无非是为了农用，却在开花的时候，令它们成了风景。

我用光影魔术手掩盖着面容的日渐苍老，却在丽日、溪水和青山的映衬下，瞥见内心一直潜伏的东西。

又一个春天来了，冬天总算与我们暂别，脱下厚厚的冬装，冬日的阴霾正一层层散去。

花瓣飘落，你如何期待它能重回枝头？我只能在这个季节，看永不回头的春江水缓缓流过。我又何尝不知，走过的任何一条河流，从来都是崭新的河水。

若深秋再去枫木寨，在火红的枫树下，我会想起曾经热爱的红枫。麓山、香山，一年一度的枫叶又怎会是头年的霜叶？我们总在恍惚迷离间以为昨日重现，总向往万物一直保持最初的状态，却不肯正视一直以来遇到的人、经过的事，过去了就永远过去了。贪图世间太多肤浅欢乐的时候，谁料到悲伤正躲在背后呢。

去枫木寨前漫无目的。朋友说，车子开到哪，哪里有风景就停下，真是惬意的春日念想。我把车窗打开，任风吹散我的长发。原路返回时，跟去时感觉截然不同。朋友说，那是因为回程知道目的地，目的地就是家。

我愿意把将来许多闲暇时光献给一条条无止境的路，让它们牵引着我抵达一个个陌生的村庄，那里有河流、溪水、人家、菜地、古树和鸟鸣……还有一切让我怦然心动的美好。

睡莲·绣楼·一江水

又到黔城，又到芙蓉楼，又到老街，又见那一江水。

芙蓉楼的芭蕉林枝繁叶茂着。陪着一群人，没法沿长廊登往玉壶亭，当年初夏阳光渗进竹林时，跳跃在竹叶上的喜悦，我还记得。清水江与舞水在不远处悄汇成沅江。鸬鹚、垂钓者在清水江边日复一日，那座倾斜的门苦守了千年，王昌龄却再也回不来。

芙蓉池里的睡莲开得早，水红的，乳白的，含蓄地迎接着我们，它们绝非千年前的那池睡莲。后人栽种睡莲，无非是让盛着千年冰心的玉壶有个陪伴。芙蓉池后的半月亭坐着歇息的游客，我总把他们当成千年前的诗人们；正前方是因王昌龄《芙蓉楼送辛渐》流传千古的芙蓉楼。

我没沿着逼仄的木梯上楼，未试图等候王少伯随木窗渗进的自然光一道，穿越一千多年，来与我相遇。我只是蹲在芙蓉池边，贪婪地拍着睡莲。旁人议论着：这种花真像塑料花啊！我略有不悦。

每见睡莲，我总会心悸、心动甚至心慌。

在老街，还寻见了绣楼。想起第一次来黔城见绣楼时的懵懂，又想起去周庄，再见绣楼时的恍惚。

想起无数次走在这样的青石板路上，五保田、庙前民居、豪侠坪、高椅、洪江古商城……看斑驳的院墙顶上盛开着的绿色植物。

旧人早已故去。留下的，只是一条老街，不识其容颜的后人偶尔会去凭吊。

今人为什么越来越喜欢躲在故纸堆里寻梦，寻久远了的不再回来的梦？

周庄在江南，小桥流水、黛瓦粉墙，许多大户人家，绣楼气派张扬；黔城只是湘西沅水边一个古镇，巷窄，连绣楼也逼仄。

无论是哪里的绣楼，当年都发生过恩怨情爱，这是人人津津乐道的话题，只是不管什么故事早已尘封在历史的烟云里，再也寻不着，故人们也无从再开口。行走在青石板路上，我臆想起当年可能发生过的、一些温暖或辛酸的往事。

等到我们故去，也必定湮没在钢筋水泥里，最多是至亲后人在清明去墓地，告诉他的后代，这是你们的谁谁。

耐得住寂寞的人，不管身在何处，心寂却不孤单，因为有睡莲、绣楼和那一江水做伴。

博客始终挂着各种版本的王洛宾的《一江水》。小娟、许巍、韩红，演绎得各不相同。初次与小娟的《永隔一江水》相遇，我被那种叙述般的吟唱震撼到了。天天在博客里写字，一遍一遍地听，心愈发澄净。先生临去上班前，忍不住问：你为什么总喜欢听这样的歌，听多了，有幽灵的感觉。我莞尔。先生每天两点一线，偶然帮我做点家务，愈来愈发现他的好，也愈发懂得珍惜这样的男人。人与人之间就是这样，当爱情走过，是尊重与亲情维系着家庭。我爱听的歌他不喜，他喜欢的活动我不爱，这些年却始终相安无事，彼此不干涉对方的内心。

内心，或多或少藏掖着连自己都猜不透的心思，就比如在黔城的一江水前，望雾霭里看不清容颜和轮廓的山峦，江那边被山峦隐藏起来的公路通往异乡，我在江那边疾驶的车里，远远回望过江这边的防洪堤与芙蓉楼。

那样的回望，始终清浅。

好在，睡莲年年会开，绣楼始终静默于老街，就连那一江水，也永远地奔向它该去的地方。

九月的紫鹊界

一

应邀去新化。问，去不去紫鹊界？果然去那，便欣然赴约。

世间很多的山，不宜走进，只适合远眺；而紫鹊界，一路盘旋上去，处处温馨。因为有人家，有梯田，云雾缭绕，让所有的人和景，都显得轻灵。

去紫鹊界没有荒山野岭，没有被遗弃千年的恐慌，仿佛只是回家。

在一处观景台前下车，浓雾突然袭来。木质板屋、雕刻般的梯田、快成熟的水稻，在雾中忽隐忽现。空气格外清新，雾没有散去的意思，我决意陪着文友爱飞一路绕下坡。

这里的梯田始于秦汉，是当地的苗、瑶、侗、汉等多民族历代先民齐心创造出的劳动成果，也是南方稻作文化和苗瑶渔猎文化融合的历史遗存。这里没有一口塘、一座水库，全靠天然的基岩裂隙水灌溉，四季水常流。先民利用花岗石风化物疏松透水等天然优势，合理引水布局，逐渐形成独特的天然灌溉系统，不管山外旱涝如何严重，这里照样是丰收年。

当地人说，若晚去十天，紫鹊界将变成金色的世界。回家后整理图片，先生在一旁看：拍梯田，要春天去，没插秧前，水满田畴，才能拍出韵味。我不以为然，正因为只能在特定的时刻去探访，或春或秋或夏或冬，才可以在早秋揣想金秋，揣想冬、春和夏。而田园阡陌的紫鹊界，不仅是原住民的家园啊！

这家园仿若我曾来过，我一定曾是哪户人家初长成的女孩，随先辈跋山涉水迁徙至此，兄长与父辈在山头开荒，我与姐妹围着母亲学做女红，调皮的我总绣不好一只鸟一朵花，便缠着姐姐帮我绣。我定穿着姐姐和母亲飞针引线出来的鲜艳衣裳，跟屋后的玩伴沿着田埂捉猫猫，梯田像一幅幅八卦图，而我们始终不曾迷失。

千年后我又来到这里。迷宫似的梯田里，有我童年的影子，也有我出嫁时偷偷滴下的泪么？

二

九龙坡下的演艺中心有一块开阔的平地，一幢别有风味的木房子，像模像样的KTV。是夜，文友们闹得很晚，闹累了，才互道晚安。

秋夜微寒，远处的梯田早睡了。

紫鹊界的夜，是想象中的宁静温暖，她托着疲惫的我，做了一个长梦。

天蒙蒙亮，就听见有人在喊："快起来，看日出了！"

透过木屋的窗户，红日正冉冉升起。

清晨的紫鹊界，像认真勾勒的一幅山水画：茫茫山坡，梯田层叠，布局恢宏；密密水田，状若玲珑；有的似碟，有的似盆，依山就势盘旋于群山沟壑之间。泉水在田间轻唱，村民用原始的手工耕作，梯田、村寨、森林和流水，相互融合依存，活脱脱一幅美丽的农耕画卷。

中餐有城市里难见的石蛙，可口的野菜，松软的黑米饭，加上大碗的米酒，令我们大快朵颐，兴奋极了。

临走前，我去寻找初来时梯田带给我的感觉。太阳不知又藏在哪去了，雨雾不再，梯田的轮廓开始清晰。

稻子仍是绿黄着，诱惑着我们。

千年的梯田，年年播种，只是农人换了一代又一代。

外面的世界千变万化，紫鹊界不紧不慢地当着雕刻家。秦人梯田渐被雕成风景，紫鹊界开始接纳慕名前来的游人。她或许不曾料到，原住民为了生存开垦出来的梯田，已然成了声名远扬的风景。

看风景的不只是你我，雕刻的也不仅是时光。

每一片梯田都丰美，每一寸时光都精致，我已找不到当年的板屋，找不到父辈兄长埋头劳作的那丘田了……

在将成熟的水稻深处，我寻找着遗落在梯田里的情歌、曾经打动我的声音、记不清的面容，轮回了这么久，他是否还在紫鹊界，是否记得千年前的我？

梯田盘旋至山的顶峰，一样的梯田，一样的板屋，一样的竹林。这里，除了稻田告知秋的存在，哪里都是阳春的影子。

在返城的半山腰上，当地人说，可以带一袋红米回家，回俗世的家。我想，是该停下来，在卖米的大姐与小妹面前停下来，看她们还认不认得我，看她们的笑容是敷衍还是真心。她们将两袋红米、几包绞股蓝，还有干蕨菜装进我的包包。我就确定，她们是认得我的，只是她们不说，我也不说，我们都不必说。

梯田被甩在身后，而我带得走的，不过是记忆里的雕刻时光。

黔城雨巷

阴晴圆缺原是世间常态，就像在路上还在遗憾有雨，到了古镇，才惊觉微雨后的古巷是多么诱人。

活动场面大，我们几个溜去拍照片，拐一个弯，就从俗世到了天堂。

窄长的青石板路泛着幽暗的光芒，两边的明清木屋破败沧桑，深宅大院斑驳的青砖上拥挤着绿苔，逼仄的绣楼比四年前更老态龙钟……

雨后的古巷，幽深静谧。

突然想到那个词：雨巷。青石板路的古镇，定然飘过丁香般结着愁怨的姑娘，只是她的愁必得像戴望舒似的诗人才能捕捉。文友说，哪次约几个姑娘来，穿旗袍，撑油纸伞，一定唯美。我笑，凡事做戏，便不原生态了。

我也从不是小巷里结着愁怨的姑娘，年少时从溆浦河街踢踢踏踏去一中读书，也不曾刻意结着忧愁，更不曾撑过油纸伞。那么，在中年，随心走在突起的氤氲烟雾中，无非是拍几张图片罢了。

儿时住过吊脚楼，走过青石板。小巷叫江口下街，当年外婆的家。

巷子尽头叫犁头嘴，一座古旧的河码头。有泊在水边的鸬鹚，摆渡的小船，江叫沅江。江对面是省维尼纶厂，当年每回去大江口看了外婆，就坐一叶扁舟过江。重走犁头嘴那年，上街和下街的青石板路早已是水泥路，幸亏黔城的青石板仍在。

第一次是盛夏去黔城，我记住了一户人家的绣楼；第二次是初夏，记挂的是烟雨芙蓉池里的睡莲；而这次，雨后的清明，我们再一次钻进古巷。

巷口的残垣断壁上，爬满不知名的植物与青苔，拐出去便是清水江与舞水交汇处，不远处的河洲只隔岸眺望过，总是给人迷蒙的感觉，不知村落叫什么，不知人们如何泛舟来古镇。防洪堤左边通往黔城大桥，我曾无数次坐汽车经过那座桥。江对面的吊脚楼，有一家餐馆的鳜鱼做得地道，在那里，可以倚窗回望芙蓉楼跟烟花深处的古巷。防洪堤的右侧通往芙蓉楼，碑廊、芭蕉林、竹林、亭子跟倾斜的石门，都是千年后修复的。只有舞水，始终陪在芙蓉楼跟古镇的身边。

这座古镇，比丽江大研古镇早一千三百年，比凤凰古城早九百年。新城和古城泾渭分明，洪江市人民政府早些年前搬迁至黔城。

在风雨中飘摇了千百年的古镇，有着厚重的过往，但不如洪江古商城保护得当，古商城已然是刻意梳妆过的贵妇，而黔城古镇仍是遗落乡野的村姑。

"村姑"已成老妇，如今也略懂收拾，便风韵犹存着。古镇家家挂出了红灯笼，给雨巷平添几分烟火味。

在古镇的背街小巷，我最喜欢吃的是绿豆面，游氏春卷据说也有名，可惜挨排两家都宣称自己正宗，就没有勇气去其中任何一家了。

我没去探寻古镇的历史文化遗址，我更喜欢走街串巷的闲适。特别是在雨巷，我的脑海里总会掠过一些鲜活的面容——总是会想起王二油坊家的闺女是不是叫婉儿，是否总躲在绣楼的窗口，看起来在专心女红，实际上是在偷瞄巷口走过的那些男子，她总惦记在药铺门口偶遇的有着明亮眼神的年轻人呢！她总在走神，猜测他知否自己的身世，会否请父母托人来提亲？他不会是河州村落里的某户人家的穷小子吧？不然，缘何这么久不见再来街上？他望见她的刹那，眼神明明点燃了呀。

……

雨没再下，我开始走向前面巷子突起的烟雾，背影在相机里定格，他们在身后喊着："回头笑笑。"可是，我总也摆不出那样的姿势，干脆不回头了吧。

微风起，才想起是来参加三月三的上巳节活动的。从丁字形的巷子右拐，右边巷子摆满了一溜方正的木桌，桌前坐满戴着荠菜头圈的居民，他们正眉开眼笑地议论着、期待着，等香喷喷的社饭上桌呢！我很想知道，哪些人是当年婉儿的后代，她跟穷小子后来成没成婚？

把这些疑惑都留在了雨巷。总有一天，我会再一次重新走走这些巷子，不放过任何一个细节，且期待着，仍是一个春日的雨后。

又见侗乡风雨桥

　　先后去过湖南通道几次，第一次是春天的傍晚，我们在县城的双江河畔吃酸笋鱼。独蓉风雨桥上的灯火闲淡地落入江水，明月在河对岸的夜空悬着，暮色为桥披上了一件薄纱；汽车日日穿行在侗乡的青山绿水里，隔不远便能望到一座木质风雨桥，或大或小，在村落的入口处静候着归家的寨民。第二次去是早秋，一路走马观花，我没用心记下坪坦河上任何一座风雨桥的名字。直至这一次，我才学会在每一座桥边屏息驻足，用眼睛摄录下它们的模样。

　　原来，只知侗乡人管风雨桥叫"福桥"或者"花桥"，才晓得风雨桥还有个名字叫廊桥。说起廊桥，我立刻想起美国电影《廊桥遗梦》里面那座罗斯曼桥，它原本只是横跨在米德尔河上的一座普通廊桥，因《廊桥遗梦》闻名于世；不由得揣想，通道侗乡的木质廊桥，能靠着什么逐渐为世人所知呢？

　　我第一次见到的侗乡廊桥，是湖南芷江舞水河上，那座号称世上最大的风雨桥——龙津桥。龙津桥雄伟恢宏霸气，可自打去过通道，我的印象里，龙津桥便已然成了风尘味十足的新妇，而通道的山、水、桥则一派清新。

通道廊桥里，我印象最深的有两座：一座叫普济，一座唤廻龙。若论富丽堂皇，俩桥远远赶不上修葺一新的普修桥；若单论霸气，通道确实没有任何一座桥抵得过芷江龙津桥。

但那里的每一座廊桥，如一个个相貌各异却都清风明月的侗妹。绝大多数始建于清朝中晚期，普济桥最具代表性，可与赵州桥媲美的廊桥始建于1761年，现存桥为1895年复建，1918年维修。单孔伸臂梁式，由十一廊间连接为一体，木质四柱三间排架结构，两头均有风火墙。桥两岸各一半空心石墩，伸臂梁插于石墩内，并以大卵石弹压，叠梁再压卵石，直至两岸伸臂合龙……因着侗乡工匠非凡罕见的工艺，还令此桥有"桥梁化石"之美誉。如今，它日渐老去，虽跟普修桥一字之差，彼桥热闹非凡，此桥则终日沉寂，只有坪坦河自两座桥下穿过。普修桥坐落在保存相对完整的皇都侗寨，与侗寨相辅相成，相得益彰，精雕细琢，连迎宾的合龙盛宴，也不时在此桥上摆开。相比之下，我更喜普济桥那浅浅淡淡的落寞——在那里，可以读到侗乡几百年的沧桑变迁；可以揣想当年贵为湘桂边界古商道上，物资集散码头的坪坦古寨的繁华热闹；还可穿越时光的隧道，随着坪坦河一路往北，流入渠江汇入沅江再注入洞庭……

头一回是逆流而上参观百里侗文化长廊，这一次是自南向北顺流而下，一直游览到横岭廊桥。侗乡人骄傲地告诉我们，通道的风雨廊桥，没有一座是造型相同的。

当地一著名摄影家拍过无数通道风雨桥，但问起他，通道侗乡到底有多少座风雨桥时，他却从来就没说清过。是啊，一路蜿蜒北去的坪坦河上，该有多少座风雨桥，估摸着都没几个人真正数得清呢。

自坪坦古寨蜻蜓点水般掠过，我们驱车前往另一座被形容为"张了两百年的弓"的拱形风雨桥——廻龙桥，顾名思义，取"桥如长龙，屹立水上；水至回环，护卫村寨"之意，大约因此，风雨桥才被唤之为"福桥"吧。远远瞥见此桥，眼前便鲜活起一群姹紫嫣红的文学女子，说不清道不明的感触顿涌心头——如梭的时光，带走的不仅仅是容颜啊！站在物是人非的廻龙桥畔，哪还有心思打量桥上的花鸟彩绘？如何有心揣度桥头梁上悬着的崭新草鞋是哪位侗民所织？我直奔桥对面那棵桂花树，树下已坐了几位正在纳凉的文友。咦，暮春时节怎么闻到了桂花香？定睛一看，坐的并非旧人。

没人告诉我这棵桂花树跟廻龙桥相伴了多少年，更无心打探往里走的村落叫什么名字。

廻龙桥的两端及正中各建三层檐的多角阁一座，中央一座为文昌阁。东阁楼的北面廊房及走马板上有题词和山水墨画，桥梁及两侧檐板上有精美的彩绘，这大概是"花桥"称谓的由来吧。长廊两边设有长凳，供过往路人歇息闲坐。桥的一侧用杉木封闭，一侧却尽是一格一格敞开的木窗，共二十一格。无论从哪扇木窗望出去，远景自成一幅镶框的山水画。站在廊桥中间，欣赏这些山水画，会不由得揣想，在八月桂花香里，这里的侗哥侗妹该是成双成对各倚一处木窗，眺望窗外圆月，定然有一对恋人偷偷移步桂花树下，携着自家酿制的苦酒，含情脉脉地对饮吧？木叶声声飘，侗歌轻轻起，芦笙在远处助阵，是怎样美好的侗乡明月夜啊。

每座桥都依山傍水，都不费一钉一铆，都凝聚着侗乡工匠细腻的心思与巧夺天工的智慧，都有着属于自己的故事……回想罗斯曼桥下流淌的米德尔河，那条也许我终生没法抵达的河，脑海里烙着的却尽是坪坦河的清幽。弗朗西斯卡与罗伯特因道德的制约而深埋在罗斯曼桥上那段爱情，那段万千人解读就有万千种观感的荡气回肠之爱情，那些电影片段、那些音乐，在我心里反复重叠——爱情并不会因时光的流淌而逝去，弗朗西斯卡与罗伯特，身后终于重逢在罗斯曼桥，骨灰先后撒进米德尔河……不知侗乡那数也数不清的风雨桥里，又埋藏着多少未被挖掘或是永埋在当事人心中的廊桥遗梦？

　　喜欢这样的侗乡，喜欢这样的风雨桥。真正读懂这些风雨桥，并非靠几次走马观花便可如愿。希望有生之年能重新细嚼侗乡风雨廊桥的千般风情——可以有突如其来的一场雨，让路人在此不期而遇；还可以在一个桂花飘香的明月夜，携爱人，去廻龙桥坐坐，去桂花树下站站，彼时定有侗歌在远方飘起，有木叶声，有芦笙，和着坪坦河的叮咚声，一直飘进每一个追梦人的心底……

殉情谷

　　去过南岳十多次，每次路过一个叫会仙桥的岔路口，都不曾留意小路进去丛林里头还有什么曼妙处。因为几乎每次上山，只有一个目的地——祝融峰。不用我解释，都知道去祝融峰做什么。

　　而那一次是去游南岳。

　　还在祝融峰，同行的当地朋友提前告知，会仙桥是一座殉情谷，问我想不想去看看。我蓦然想起云杉坪。那年去丽江，导游介绍，云杉坪的原始次生林过去，一处被木栅栏围住的开阔草坪，便是传说中纳西人的殉情谷。据说，首对在那里殉情的男女是开美和于勒排。他俩向往自由的恋爱生活，却被一夫多妻的封建婚姻所阻挠，绝望之下，双双上云杉坪殉情。后来，每逢六月火把节，栖居龙山附近村寨的青年男女，编制象征他俩的纸人，纷纷赶去云杉坪祭奠。他俩没带个好头，以后凡有为情想不开的男女，便择此地来殉情，云杉坪因此而闻名中外。

　　我真是没想到，不经意间错过多次的会仙桥，也是这样一个有故事的地方。

便忙道：好啊！去看看。欣然跟着他们踏进那条柳杉夹道的小路。

一路上，听他们介绍，说位于祝融峰的青玉坛乃乌青云所创，为第二十四福地，群仙聚会之所，过一小小石桥抵达，得名会仙桥，但不晓得后来为何成了殉情谷，每年都会有几对男女在那殉情呢。听得我毛骨悚然，好似那些相依相伴的野鬼们都潜伏在小径两旁的草丛里。我夹在他们中间战战兢兢地走，强打着精神岔开话题，现在有蛇出没吗？平生最怕夏秋两季进山，皮肤易过敏，还担心遇到蛇。他们哄我，有是有，你遇不到的。沿路遇见一种无褶皱大朵红心黄蕊的白花，煞是好看，说那是"木芙蓉"。我便好奇了，印象里的木芙蓉，明明是岳麓书院和鹤城太平溪边那种呀，形似牡丹，清姿雅质。不远处有一"不语岩"，岩下有一大石洞，洞壁上书"不语挂锡"，周围有石凳可供人歇息。我笑称，到这，就闻得到仙气了，到了会仙桥，难不成还遇得到一对殉情而成的仙？

远远就望到了一块可容纳十来个人的平坦大岩石，坛基上好大一块岩石，宛若天外飞来。岩下有大小二石，中间果然有只容得一人勉强过的石桥。我们蹑手蹑脚地过桥到了护栏边，往下望，近处是峡谷，远处是田野村落。云烟仿若在脚下，群峰若隐若现。

云南云杉坪的殉情谷由来已久，周边是茫茫雪山，魂魄落入彼处尚可与天地积雪融合。而南岳是佛教圣地，何以也引来多情男女择此地纵身一跃？现如今没有封建礼教，男女不再授受不亲，殉情一说实在令人费解，难不成渴望在此与众仙同乐？抑或喜欢漫山的香火味、木鱼声？

我和闺蜜倚在护栏边，冷血地分析着，那些殉情的人往下跳崖，该往哪着手？这跳下去尸身不全，也根本没有轮回，更成不了仙，划不来。

说到殉情，还有个笑话：早些年，家乡小城有一对机关男女同事搞婚外恋，不知何故，两人相约去郊外一水潭殉情。结果女的命赴黄泉，男的临阵脱逃，灰溜溜地独自回城，一桩风流情事自此大白于天下。世人认为女子放着好好的日子不过，指望着与情人不能同生便同死，真是傻到家了。我倒并不以为那个贪生怕死的男人如何不堪，他情迷心窍之后尚能贪恋尘世，说明一个问题，好死不如赖活着。他的过错在于没能及时迷途知返。若早早舍不得死，又何苦搭上情人一条鲜活的生命？

心态确实决定了许多东西，从前看山是山，现在看山还是山，只是此山非彼山。彻悟人生中一些无奈后，便选择好好地微笑着入世。苦短的人生，经不起太多的大起大落大波大澜。想想那些根本不想上天堂的人，总被一些飞来之石、动车追尾、飞机失事、地震、泥石流之类天灾人祸逼着魂飞魄散，与亲人阴阳两隔，一些被上苍还善待着的人们，又何苦因所谓的人间情爱，而恍惚间选择一条不归路呢？

会仙桥的殉情谷，并不能让人升入天堂，它只是一处清寂的山谷，有山花野草岩石做伴，也有飞鸟云雾缭绕，想必它并不希望任何的俗世浑浊之物去玷污它的清幽与宁静。我们这等俗人，何不好好活着，闲淡地活着，何苦自作多情一厢情愿地奔赴那些所谓的殉情谷呢？

一江水，一塘荷

一条大道，划分了昨日今晨，也隔开两座相互打量的城。

你说，进城吧。我顿了顿，深呼吸，缓步迈进城门。右拐，却错过了胡家塘的夜荷，读到了黑暗里的这条护城河。

小河有个好听的名字，叫万溶江。

这一江水，不如沱江丰腴，不如沅江宽阔，不如金沙江激越。虽见证了古城里千百年来的浮浮沉沉、刀光剑影，却始终温润沉默。

灯火并不灿烂，我无法怀想着席慕蓉的《在黑暗的河流上》，等着"你微笑前来缓缓指引我渡向彼岸"。

目光所及的这江水，左边是新修的吊桥，中间是跳岩，右边是一座古旧的风雨桥。自跳岩过河，彼岸没有你，没有正弹唱的流浪歌手，没有兜售花环与河灯的小贩……夜夜笙歌的丽江和凤凰，此刻离我那么遥远。只是我仍旧忍不住想起沱江，想起丽江那从雪山上流淌下来的清泉，甚至想起梦里抵达过的茶峒，想起翠翠与她那只黄狗，想起渡船和吱吱呀呀的筒车。

吊桥是古城新物，多少年后才能成为陈迹。伫立在吊桥上，心思随着桥与风微微晃动，俯视桥下的万溶江，怎么也找不着"满涨的潮汐""雾湿的芦苇"以及"被你所遗落的一切"，而许多年后，有谁会记得我们曾经来过？

这座千年古城，叫乾州。

这座承载着千百年湘西文化的古城，居然藏着一处"小桥、流水、人家"。在江南遇过，只不过听不到吴侬软语，没有橹船轻轻摇过，但小巧的石拱桥和一条狭长的石径，将大塘隔成一塘荷、一池睡莲。桥拱下方，睡莲跟荷花在说悄悄话。过了桥，右拐，有一石径折进小池深处，一株垂柳，与分岔口的那株遥相呼应。垂柳守护着池里几朵寂寥的睡莲，水面如镜，连对面木屋和青砖屋的倒影也一同陪着它们，仿若都是怜惜这些睡莲，没法像盛夏时三五成群地躲在荷叶下说说贴己话。青砖黛瓦飞檐翘角的一栋民居紧挨着这池水，我一直在想，这座深宅大院的地基石是如何跟池水相安无事的？若折回下桥处两条石径的分岔口，继续右拐，沿着桥的方向径直前行，左边是满满一塘荷，右边是稀疏一池睡莲，一条石板路引向前方，直至走向环塘而居的十几户深宅大院。一塘荷，满目的绿，偶有残叶拽着衣角，零星的红荷懒洋洋地兀自想着心事……家家户户紧锁着朱门，只是屋门前的盆栽兰或者一盆唤不出名字的花告诉我们，里面还有人家。

这番景致，我们次日清晨见到。

在初秋的胡家塘。

无人知晓这里的荷与睡莲换了多少拨，但曾在深宅大院里出生成长的一些故人早已故去。他们自小在荷塘边嬉戏玩耍，从这条巷子串至那条古街寻小伙伴，去江里戏水，看女人们浣衣，偷窥风雨桥上的故事……年年岁岁，荷貌似未改变，人却渐行渐远，远到终有一日都沉默在历史的烟云里。

　　古城可以修缮，故人却再也回不来。不过，始终有一些东西能陪伴着这座古城，比如这一江水，还有这一塘荷。

沅有芷兮

  我总拿湖南通道与芷江做比较。芷江像温良的女子，不妖娆，不惊艳，熨帖大方，没法像通道那样，一入境便被神秘的力量瞬间抓牢。通道紧挨着广西，山水有桂林的味道；而芷江身处云贵高原的余脉，登上逶迤层叠的明山，便能将整个县城尽收眼底，这是两座风格迥异的侗乡。

  三道坑绝非字面上的"三道坑"，只是隔一段路出现一道瀑布。我懵懂走过两次，只记得溪里有稀奇古怪的石头，水流林静，还偶有深谷幽兰。

  可幽兰寻常，飞瀑寻常，涧水寻常，不寻常的是那条阴阳河。

  那年盛夏，市文联委托我陪同著名词作家夏劲风夫妇以及他的搭档、曲作家江晖去芷江采风，时任县文联主席张远建全程陪同，去了三道坑。

  栈道袅娜，俨然淑女。张主席站在浅滩上招手：亦蓝，你下来！我不解地望着他，那有什么好看的？他说，你来了就知道了！我迟疑地走到溪边，他说，把手放进这边试试！我疑惑地把手放进三道坑过来的水中，感觉冰凉。他笑了，你再摸摸那边溪里的水！我又把手伸进明山下来的溪中，温热的。他得意地冲我笑了：这是阴阳河，三道坑下来的叫阴河，明山下来的叫阳河。溪水也有阴阳之分，也会谈情说爱吗？

而夏老师夫妇把注意力全放在阴河的石头上去了，每摸到形状别致的石头，就扬起来给我们看看，尽管我们根本看不到。张主席好说歹说，劝江晖老师到了一道坑下，感受了一番阴阳水。不知他回株洲后，是否会谱出一支优美的关于阴阳河的歌？

现代与历史交融，汉族与侗族交融，令芷江县城如一颗不张扬的翡翠，镶嵌在武陵山系南麓。

在舞水河东岸远眺龙津风雨桥，总感到舞水愈发妩媚，西岸的天后宫依然有尊严地立在那里。

万和鼓楼群犹如翡翠里的"蓝花冰"，通透水灵，背对着舞水河，由中心芦笙楼、琵琶楼、地筒楼与两个对歌楼等五个鼓楼组成，正前方为一个偌大的休闲广场。鼓楼与风雨桥遥遥相对，搭配成一幅浓墨重彩的山水画。

远在旧石器时代，舞水两岸便有原始人类活动；公元前202年（汉高祖五年）置无阳县。将县城一分为二的舞水河，自贵州经新晃、芷江流至怀化市区，以致芷江至怀化的320国道沿途风光旖旎。

脍炙人口的名句"沅有芷兮澧有兰"里的"芷"，是长在沅水边的一种香草，舞水是沅水的支流，顾名思义，芷江的"芷"，源自于此吧？

常在一江水跟前，远眺彼岸的花、草和人，何时我可以站在舞水边，追寻屈原笔下那名叫"芷"的香草呢？

第一次去蟒塘溪，应本土诗人湖南蝈蝈之邀，陪他的外地诗友。尽管天寒地冻，我们还是上了一只窄长的游船，马达声突突，孩子们跑到船头去吹风，而我们躲在船上闲聊，竟忘记了传说中的桃花岛模样。

桃花岛已数载桃红，湖南蝈蝈早已不在人世——那时的蟒塘溪，那时同游的人，那个清冷刺骨的冬日，便跟那日的天色一样，黯淡在各自的记忆深处了。

再去蟒塘溪，陪的是夏老师一行。未留下吃鱼，我也不愿留下来吃鱼，真怕不小心又走上当年那艘游船，看见湖南蝈蝈那张娃娃脸……

芷江女人温顺，称呼热水瓶（"ai（音同"挨"）水瓶"），声音嗲、柔，不知酥倒了多少男儿！

有一年，在芷江一个"亲妈饭店"，我专门炒了一只芷江鸭带回家。再去，我问起那家饭店，当地人笑：才知道啊，芷江人的亲妈就是岳母娘，叫"亲妈"的饭店太多了，不知你要寻的究竟是哪一家？

自此，总感觉没再吃过正宗的芷江鸭。当地人说：不是炒法不到位，而是鸭子变了。我大惊，鸭子怎么变？他们笑道，原来三个月出笼一只成鸭，现在只要一个月了。

……

芷江军用机场早改造成民用机场，芷江用航线连接起来了大江南北，和平鸽常在七里桥的抗日受降纪念馆里闲庭漫步，苍松翠柏永远笔挺在受降堂与纪念馆之间的大道旁，陈纳德的雕像傲立在飞虎队纪念馆内，有"内陆最大的妈祖庙"之称的天后宫里，有保存完好的精美浮雕，越来越多的人慕名来到芷江，来参观这座历史名城……

相信每一个人都会慢慢爱上它，并了解这座小城，同时阅尽侗乡美景。

敬衡居的早晨

一觉醒来，窗外阳光明媚。于是起身，洗漱，去厨房看老人家给我们做早餐。我想到一会要上山拜佛，起心吃斋，于是自告奋勇做早餐。

第一次在柴火灶上用茶油煎蛋，煮面条。有些手忙脚乱，锅铲太大，生火的大叔把灶膛的火烧得旺旺的，一不留神，蛋就煎老了。

吃完，闲得没事，到草坪中间的摇椅上假寐。右边树下，主人家的几位正在打"跑胡子"，大小两只狗也东走走西遛遛，不时在草地上打打盹。草坪正前方是晒谷坪，勤劳的女主人正在翻晒新谷子，几只鸡也闲庭信步，偶然停下来东啄啄西啄啄，空气清新得跟草坪和远山一样。

我穿着一件无袖的手绘白衫、一条亚麻花裤子、一双绣花鞋，不觉得冷。阳光均匀地洒在每一个角落，落在我身上的无不是温柔的抚摸。我突然想起来，曾有这样的梦境，却没见过土洋结合得如此相得益彰的山庄。

远处的群山，安静到使人能听见它们的呼吸；围墙外的水泥村道，一边通往衡山县城,一边通往南岳后山;不远处,有新起的别墅正初见轮廓,有篱笆默然静守在各自的田园;村道下方是主人家的鱼塘,隔壁的小塘依稀可见残败的荷叶,鱼自然是藏在浊水中的,隔得那么远,一点动静也瞧不见;围墙脚下的黄色石蒜,差点被我错认成彼岸花,以至恍惚间,我想起曾经写过的那首所谓的分行。直到后来我在手机上查询资料,才知这种黄色石蒜有个别名叫"忽地笑",寓意幸福,心,忽地,笑了。

那本《菁英女人》被我抓在手上,我正回头不知想看谁,就被朋友抢拍到。他今日给我传了十几张照片,我单单看中了这张。

因为这张照片,让我想起了永不再来也终不能忘的那个敬衡居的早晨。

那样的安谧与灿烂,还让我忽地想起那年初春樱花客栈的清晨。

想和崀山谈一谈

一

山中只半日，摆明了又将是一场走马观花。

好在旅者皆明白，像蜻蜓一样点点水，是多少年来跟着大部队走的必然。所幸同行者皆为师长与学友，想着能跟他们走马观花一次，也总能找到些许乐趣吧？

起初穿过一片绿意葱葱的林子，隔好远才有几级石阶，就忘记是去爬山的，嘻嘻哈哈在林子里穿行。慢慢就开始爬坡，不经意间爬上半山腰，远远看到盛装的苗家阿妹在一处台阶前恭候。原来，所有经过这里的客人都要喝一杯"拦门酒"，才能继续前行。

喝过"拦门酒"的我们，三五成群地沿着栈道朝上走，慢慢拉开了距离。我已感觉体力不支，加上走几步就回头拍照，很快便落伍了。倚栏回望，左边烟雾迷离，右边的视线被两座缠着红绸缎的光秃秃圆鼓鼓的红岩挡住了——崀山是丹霞地貌，配以红色栈道，倒是分外明媚。

有几个人始终不见上来，说是打了退堂鼓，在山下等着呢。我也特别害怕爬山，每次夏天进山，回家后皮肤会过敏。但这是崀山，是我期待了多少年的风景，是我从呼伦贝尔归来马不停蹄的下一站，再累也只得继续。

在两座贴得紧紧的只剩一点空隙的山崖间，一部分人直接往左走栈道上山，一部分人争先恐后地体验爬行的感觉，我跟在后面，身子几乎贴着下面的大岩石，怕头顶的山崖碰着头。大家都顺利过关后，有人哄笑，只怕肚子太大的人挤不过去噢！

前面貌似漫长，没人告诉我还有多远，山头也无风。跟风膜拜了蜡烛峰，回头又看"剑"插云霄，接着在山脊上继续穿行，我还抽空拍了张树叶上的毛毛虫……远远望见几乎垂直贴在直耸云霄的山头的"九九云梯"，上面爬满了人。我打探着还有无别的路可以绕过去，他们说，只能爬云梯哟。我只能手脚并用，一鼓作气攀援到顶。

一转身一顿脚间，让人不知所措的忧伤扑面而来。

我只好站定在闷热的山头四处张望，仿若只有相机可以掩饰我内心的无助。没有阳光陪伴的崀山，辣椒峰若隐若现。群山好像都跟我对峙着，我愈发感觉落入一座孤岛，正被四周阴森森的"海水"步步紧逼。我赶紧把镜头瞄准了山下，拉近——公路正蜿蜒穿过清幽碧绿的田园和森林。

好不容易跟上大部队，说笑间走下一段栈道，在转角小歇。抬头回望，真有些恍惚——若非姹紫嫣红的身影，我真以为回到了刀光剑影的千年前。不知能工巧匠如何修成这惊心动魄的悬空栈道，更不知被栈道紧紧依恋着的一道道山，在迎来送往中，有无遇到它倾心在等的人？只是遇，有时也无用。被遇的那人，怎能知道前世与崀山的渊源？

二

  我去过不少的山，却很少爬山享受攀登与征服的乐趣，并非我的喜好。我爱的只是在转角能遇到一处可以促膝谈心的风景。

  我常怀念那年在福州，在一座叫天门山的休闲景区改稿，小住了几日，只在一个最适宜行走的日子，才信步进山：旁边是各式各样的藤缠树，脚边是淙淙溪流，阳光稀疏地洒在我心里，一道道娟秀的瀑布适时地垂落，还有幽深的地下河，以及悠闲地陪着我什么也不用说的友人……

  那才是我心中的良辰美景。

  而这一次，我来不及打探每一座山峰的名字，更无从知晓山中的传说，只隐约记住了它们的样子。

  回来后我才打听到，那次爬了一上午的是骆驼峰，只在下山前远眺了辣椒峰，我知道崀山可远不止这些美景。

  突然间我释然了，明白了那次站在骆驼峰，为何会感觉群山的虎视眈眈？

  此刻，我必须为自己口口声声说热爱一个地方却常常漫不经心而道歉，必须为遽然间就将自己置身于无边的忧郁和惶恐中表示歉意。

  我总在此处瞬间想起别处，想起曾经抵达过的地方。记忆长河里的一道道泛着波光的往事，是我生命中挥之不去的快乐与哀愁。

  也忽然间明白，在穿越骆驼峰的时候，让我几近迈不开步伐，从而无力去细品风景的伤感，却原是我没有时间跟崀山好好谈谈。

三

  我想，我不会再贸然撞入任何一处向往却从未抵达过的风景。

  我必然要像去呼伦贝尔之前一样，先备足打算跟草原交流的语言，抵达时才不至于茫然，又还能时时充满惊喜。

比如在今天，我才知崀山并非特指哪座山，而是当地山水的统称，并知"山之良者，崀山，崀山"一语，来自舜帝南巡新宁时发出的惊呼。

我为我如此孤陋寡闻表示歉意，我为我踏上骆驼峰时的焦躁不安表示歉意。

这片被艾青爱得深沉的土地，这块舜帝嘴里的"良山"，这块总面积一百零八平方公里的土地，不再养在闺中人不知——它已逐步被开发成得天独厚的国家4A级景区，世界自然遗产，国家地质公园，辖八角寨、天一巷、辣椒峰、天生桥、紫霞峒和扶夷江六大景区，拥有完整的红盆丹霞地貌，是中国最养眼的"丹霞瑰宝"。

有人说，到了崀山不登八角寨，将是非常大的遗憾。那么，我还是先从别人的图片里，从八角寨峰山顶，俯瞰一下传说中的崀山丹霞全貌吧！

虽然传说中的"崀山六绝"，这次只领略了其中两"绝"，但缺憾能更勾起不舍与惦念。我一定携着爱人，重走崀山，像艾青那样，深沉地爱着祖国的大好河山——去细细打量栩栩如生的"辣椒峰""蜡烛峰""骆驼峰"，并在每一座山峰上，眺望含蓄的群山以及众山之间的青山、绿水与红崖。去天一巷，当一回时间隧道里的过客；去天生桥，赏赏赤壁对峙的景观；去紫霞峒，见识曲径通幽的大峡谷；去扶夷江泛舟，体味"人在画中游"的惬意……

那也将是此生，我与崀山最真诚最倾心的一次长谈。

云端上的花瑶

一

说起花瑶，很多人会先想起湖南隆回虎形山的花瑶。

我刚参加工作时，被分配在溆浦两丫坪区，就隐约听说隶属于两丫坪区的沿溪、金坳、北斗溪均有花瑶，听说他们生活在白云深处。

彼时，年轻的我，只一门心思想回城，对在赶集时偶遇的穿着艳丽服饰的少数民族女人司空见惯，压根没想起去探究，乃至多年来，即便我走遍了大江南北：去贵州探访大山深处的大花苗，去呼伦贝尔结识粗犷豪放的蒙古人，去云南更是被白族彝族哈尼族傣族撩拨得眼花缭乱，我也没有想起，当年擦肩而过的溆浦花瑶。

直至那年盛夏，应邀去虎形山崇木凼"赶苗"一回，才匆匆记住花瑶的服饰、瑶寨的参天古木和绿意葱茏的田野阡陌；才猛然想起，早被我忘到九霄云外的溆浦花瑶。

我却一直没弄明白，虎形山的花瑶与溆浦花瑶有甚渊源。

打算写文章时，总算寻到蛛丝马迹：《溆浦县志》早已记载，隆回虎形山和茅坳的花瑶，原是溆浦十大瑶峒的一支——白水瑶峒，1953年两地划归隆回管辖。这几年，虎形山大力发展旅游业，隆回花瑶因此声名鹊起。

藏在深闺人未知的溆浦花瑶，在山背梯田层层叠叠的故事里，却一直是一个传说。

相传，花瑶的发祥地亦在黄河以北，因其部落战败于黄帝部落而迁徙南下。我未曾考证的是，不管汉民还是他们，南下，为何均经过江西？据说，花瑶在江西暂居时又遭当地统治者围剿，只得四处逃命，不少老幼妇孺躲在黄瓜棚下得以保全性命，故其祖先留下古训："永传后代，要越过古历七月初二才食黄瓜。"黄瓜成了花瑶世代敬奉的生灵。明洪武元年（1368），在洪江生活了两百来年的花瑶又顺沅水而下，溯溆水上龙潭，定居今雪峰山东北麓溆浦、隆回两县接壤处的崇山峻岭中，从此过着与世无争的"世外桃源"的生活。

花瑶是瑶族的分支，因服饰绮丽多姿而得名。可花瑶人不知瑶族的鼻祖为盘王，更不知盘王节，不信佛不信神，只信奉护佑他们的山石。花瑶有语言无文字，靠口头传述与风俗沿袭传承本民族的历史。好在如今瑶民均会汉语，不用再担心本族的历史传承问题了。

他们只是居住在云端，他们是山外人眼里的一道奇特风景。

二

盐井花瑶稀落地藏缀在溆浦沿溪乡杨柳江村。高山之巅的瑶寨一年前起了场火，十来栋木屋转瞬成废墟，只剩一副满目疮痍的空屋架。

盐井花瑶的女人们得知我们要去，特意换上民族盛装，有些还描眉涂口红。年轻母亲怀里的孩子睡睡醒醒，见着我们咧开嘴笑，不晓得认生。一位瑶家大叔的脸上沟壑纵横，眼神却如婴孩一般纯净，他还示范起瑶家的约定习俗"对木口"。我问一位隆回口音的年轻女人：你是隆回那边嫁过来的？她爽朗一笑：是啊！我笑问：隆回好还是这边好？她迟疑一下：当然那边好。我揣想，她肯放弃虎形山嫁到盐井来，必然是当年到虎形山"赶苗"的盐井小伙用歌声和赤诚把她吸引过来的。

抵达的第二座汉瑶混杂的大村寨，是芦茅坪。寨子房屋鳞次栉比，却空空荡荡。五六个瑶家小孩倚靠墙边，好奇地打量着这群城里人，脚边的几只鸡才懒得管你谁来了，正埋头啄食呢。一位汉瑶服混穿的中年男子坐在自家门槛上，抽长长的旱烟袋，间或眯缝着眼，在烟雾中怡然自得。瑶族阿妹服饰大同小异，清一色的挑花筒裙，图案简繁不一，有些着蓝色对襟上装，有些着白色对襟上装。

芦茅坪地处相对平坦开阔的山谷，远处群山围绕，四周有良田，有小溪潺潺绕过……

汽车盘旋在去葛竹坪的公路上，从车窗望出去，远处是忽远忽近的群山，近处尽是绝妙"小景"，梯田虽不及山背的壮观，却也玲珑得惊心。

三

葛竹坪的山背梯田逐渐家喻户晓，花瑶点缀在错落有致的梯田中。

山背，其实是虎形山的背面。

一条公路，自盘山公路的岔口蜿蜒至山谷的北斗溪黄连。黄连远不如芦茅坪的寨子集中：这半山腰有两户人家，那半山腰三户人家。深冬的梯田格外落寞，只有路旁几株山茶花和路口几株古枫做伴。当然，还有北风，还有人家。

村长家来了不少山歌好手，围坐在火塘前对歌，我只记下了其中的一首：

"唱歌嗨，唱歌嗨，唱得桃花朵朵开。先开一朵梁山伯，后开一朵祝英台。十八妹，少年乖，两朵鲜花一起开。"

眼前仿若出现花瑶人喜庆日子、插田、砍柴时嗨歌的场景。

花瑶人能歌善舞，妇女更是人人拥有一手挑花绝活。花瑶人挑花无须模具，只需一双慧眼和巧手，花草树木、飞禽走兽和古老传说均能变为心上所想、手上所挑。女孩自小在长辈口传身授下学习挑花，出嫁时十几条筒裙、腰带、绑腿等嫁妆，都得靠自己一针一线织就。成人女子的一条筒裙，需飞针走线半年多，挑绣二十五万多针，针针绣进了一个姑娘对未来的热切期盼吧！

传统花瑶妇女一辈子守在大山里，挑花，做饭，带孩子，侍奉老人。溆浦花瑶历来不跟外族通婚，可现在，越来越多花瑶的年轻人出去闯世界了，长辈还管得住他们婚姻的选择吗？据说，虎形山的花瑶已跟汉族通婚。真盼望有一天，也传来溆浦花瑶"瑶汉通婚"的喜讯。

四

山背花瑶最集中的地方，属山背村的沈家湾。沈家湾介于黄连与山背之间。寨子集会地的空坪，涌入一群盛装的花瑶。小丫头们白对襟上装、挑花小筒裙、五彩束腰带。妇女最出彩的是她们的头饰，大多红黄相间，像反过来的斗笠，由编织的花纹彩带缝合在竹斗笠筐骨架上而成。花瑶老妇的头饰简单，彩色头巾盘在头顶，上衣多为沉稳的蓝色。新娘装为绿色缎面，下着挑花筒裙，与红黄的腰带相配，娇娆且喜气。大山里人烟稀少，服饰上下点功夫，才能在荒无人烟的梯田间，俨然束束山花般夺目吧？

在沈家湾还领略了"蹾屁股"习俗。说是婚礼当天，新郎家里的板凳上围坐半圈中青年，几声吆喝后，姑娘们纷纷挤进板凳圈，依次坐到男人的双腿上，再依次右移旁座，且越移越快、越移越欢。坐在男人腿上的姑娘们，被男人的腿弹起，又重重地落下来，欢笑声、叫喊声，此起彼伏……

而此次，男少女多，高潮未迭起，围观的人倒是欢笑声一片。电视台帅气的男主持人的大腿，硬是被狠狠地"蹾"了好几屁股呢！

从盐井、芦茅坪，到黄连、沈家湾，一路走来，有感叹，有惊喜，更有疑惑。得跟那些挑花女朝夕相处，听听山歌，看她们挑花。而后，谈谈心，看看如今的花瑶姑娘，跟老一辈有何不同的思考。

大山一定懂得她们的心思。大山外的我们，也一定想知道。

而云端上的花瑶，将不再是寂寂无闻的山民，外面的人走进来了。他们，也将走出大山。

守望雁鹅界

  细雨中的雁鹅界清新而迷离。每一垄稻田里游走着静谧与安详,收割后的稻田草垛静默,没收割的稻田"焚心似火"。远处青山如黛,山岚缥缈若梦。木屋气派而古旧,清一色歇山式屋顶,多檐口挑角,写满欲说还休的故事。绕过那群呆鹅,跃上村级水泥公路,岔道上,一群盛装的花瑶姑娘端着"拦门酒"挡住了去路,海碗里醇厚的米酒,姑娘笑靥里藏着的明媚,身旁那垄金灿灿的稻田,川流不息的外乡人,均令宁静已久的古村也开始微微躁动。

  拾级而上,流泉在右侧叮咚作响。转角处,一截一剖两开的竹筒豪迈地探出头来,接住了岩壁上的泠泠细流,登时汇作一束激流,倾泻至候在青石岩板上的两只欢天喜地的竹篮,过往的人都会忍不住蹲下,掬把水洗手,捧口水解渴,再亲眼证实下"竹篮打水"是怎么一回事。石阶略陡且逼仄,再右折,斜坡向上,视野便开阔起来,一处依山而建的庭院俨然眼前:木屋有着山里大户人家的排场,屋前挂满风干的玉米和干红椒,墙角堆满南瓜。屋前宽阔的坪,围了古色古香的栏杆,倚栏远眺，突然会想起张旭那首《山行留客》中的两句："纵使晴朗无雨色，入云深处亦沾衣。"远景群山云雾缭绕，中景梯田隐隐约约，配之近景的阡陌桑田，都令人顿忘山外的红尘。

这是雁鹅界的第一个农家样板客栈——雁栖山庄。

雁鹅界，是一座沉睡千百年初初醒来的古村落，有两三百年历史的老屋未被破坏，有数十年历史的旧屋不曾破败，家家户户只需把闲置房间收拾出来，慕名而来的城里人与主人同吃同住，都会令客人滋生回家的感觉。

屋前屋后，塞满了站着蹲着坐着走着的城里人，山里人穿梭其中，正殷勤招呼着客人自取门檐下簸箕里的蒿菜粑粑和熟玉米，堂屋里摆着三张小方桌，开着流水面席……一时间人声鼎沸，人头攒动。几位"金发碧眼"，在清一色的黑头发黄皮肤里显得格外扎眼，这些外国游客一会摸摸院落里的磨盘，一会欣然接受搭讪的游客合影留念，满脸满眼尽是惊讶与欣喜，他们也成了雁鹅界一道流动的风景。

雨似乎停住了，黑哥用高音喇叭吆喝了："打禾了！"

这一声吆喝，惊醒了我刚才的迷梦，我记起了来雁鹅界的真正目的——参加中国·雪峰山首届稻作文化（打禾）节。

或者生怕再来一场大雨，游客们迅速各就各位，进入各自的角色。花瑶姑娘拦门的岔路口，金黄的稻田已如"新嫁娘"，只等着"婚礼"的开始。

简短而隆重的祭祀神农的仪式，是雁鹅界山民自古以来"打禾"前必备的庄重礼仪，更是对大自然对神农的敬畏与感激。围观的游客挤满了田埂与村路，请来的各路嘉宾们并列两排立在祭祀台前，端相机的、拿手机的，人人成了摄影师，大家紧张虔诚地盯着披袍戴帽的通灵巫师做祭祀……回头一看，田里的"新嫁娘"已迫不及待等着"新郎""拜天地"和"揭盖头"了。

仪式刚完，瓢泼大雨强行挤进了"打禾"队伍，生怕大家忘掉它似的。按说该择晴日收割，便于收割后立马晒谷，可早早定下日子的打禾节不便另择晴日，天公也故意考验人们的耐心和诚心，就在雨中开始打禾吧，谁说不意味着风调雨顺呢！

割稻的割稻，脱谷的脱谷，成了落汤鸡也在所不惜。撑伞瞧热闹的、拍照的，稻田对面几幢紧挨着的木屋前，有坐在长条凳上看热闹的村民，就好像当年露天电影进村一般兴奋，指指点点，身后的木屋在欢快的落雨声中，显得愈发烟火气来。

远远近近的群山依旧，缥缥缈缈的山岚依旧。

我惦记着进村时遇见的那群雁鹅，它们此刻在哪处池塘或溪涧嬉戏玩耍呢？

越来越多的山外人慕名而来，不过犹如一粒粒石子丢进水里，泛起一阵阵涟漪，涟漪过后，还是一潭静水。摄影师俯拍下的整个村落：高山、流水、梯田、人家，也仅是穿岩山诸多鲜活别致的水墨画中的一幅。据说，进山的公路是开发穿岩山森林公园的城里人修的，山里人从此告别翻山越岭赶集读书访友的日子。山外人也探寻至此，随时自驾而来，追随每一丝新鲜空气、每一寸阡陌桑田。

老人、孩子一直在，雁鹅、古树一直在，家家户户井然有序，干净利落。炊烟在家家户户袅袅升起时，我们在雁栖山庄也吃饱喝足，要回城了。

这一天，恐怕是雁鹅界头一次这般热闹，村里的老老少少想必更是头一次见到外国人。我们一走，陪伴他们的，除了深山梯田，便是家畜飞禽，自然，包括雁鹅。

好在出了名的雁鹅界，有越来越多的山外人关注了，来露营扎帐篷的，来游山玩水的，来吃一顿农家菜的……村里的老人、孩子，都不会再寂寞了。

更好在过上几个月,该杀年猪了,每一处庭院会恢复往常的欢声笑语。春联贴起灯笼挂起时,远方的至亲一定坐着高铁,回家陪老人孩子了。

雁鹅定然想不起自己的前世今生,它们习惯了与山里人做伴,与田野里的鸡鸭做伴,与山涧里的鱼虾做伴,与屋前的猫狗做伴,跟山里所有的生灵一样,在此怡然自得,繁衍生息。可每当北方草原白桦金黄时,鸿雁会南飞,可曾有一队雁阵飞过此界,驻足停留在哪处秋水微澜的池塘,哪丘秋收后的水田里,也瞅瞅留在这的"远亲"雁鹅?雁鹅呢,何尝不早已习惯雁过时欲碎的声声呼唤,始终目送"远亲"南来北往?

这里并非更南的南方,冬天来得早,雪落深山的声音唯有山知水知人知雁鹅知,留得住游子的脚步,却留不住大雁过冬;这里称得上无数山外人的家园,闲时来陪陪高山流水,陪陪留守老屋的老人孩童,陪陪一草一木鸡鸭鱼鹅,用山岚用山泉用这里温软的一切,洗涤疲惫或心灵暗伤;这里更是一些"候鸟"的故土,他们成了山外人,却跟大雁相反,春去冬归,隆冬涉千山万水归家,守着木屋,围着炭火,与父母兄姊叙旧,与老婆孩子亲热,与深山白雪同梦……

一都河与山背

  北魏晚期的郦道元《水经注》卷三十七曰：沅水又东与序溪合，水出义陵郡义陵县鄜梁山，西北流迳义陵县，王莽之建平县也，治序溪。其城，刘备之秭归，马良出五溪，绥抚蛮夷，良率诸蛮所筑也。所治序溪，最为沃壤，良田数百顷，特宜稻，修作无废，又西北入于沅。

  汉高帝五年时，义陵郡改称武陵郡，义陵县即溆浦。而鄜梁山在溆浦南的黄茅园油麻村内，现名古鄜山或古佛山。

  近年，据水文工作者实地考证，溆水正源应为中方蒿吉坪乡吉都堂村八角田组杉树坳后山一处岩缝，他们甚至精确到东经110度27分59.1秒，北纬27度31分29.5秒。古人到底不比今人，今人认定源头是有科学依据的，譬如许多支流，得悉心判断，才能确定哪个为干流。

  源头，便易了主。

  我喜欢点开高德地图，计算哪与哪的距离。这样，宏观上大致能判断方位与距离，像此刻丈量古佛山与吉都堂的距离，便一目了然——高德地图明确显示，吉都堂往西南三十余公里处，是古佛山。

并非所有的地方都能实地去丈量，置身其中也不一定弄清真正的距离。故而，有时置身度外去观察，在地图上对比，会发现方寸间，丈量地球上所有的距离是很容易的事情。

溆水是我的母亲河，我在地图上读到一个又一个熟悉的地名。走过的地方，在电子地图上清晰而有力量地存在。

不妨从源头开始，沿着溆水一路采撷河两岸久远或新近的人事吧。

岩缝中蹦出来的那股泉，起初定是不经意，它不晓得从此得肩负使命，穿山越岭，跨过丘陵与平原，一路往北再西行。

一开始并不是往北，而是往东南。

探路到黄茅园镇七里村朱家冲，清瘦的河流跟224省道捉起了迷藏，它扭着并不丰满的腰肢，南流到黄茅园祖下坪，彼时它叫龙潭河。

在祖下坪，它接纳了打东南来的景江溪，东折至龙潭镇的石湾。此时，像皇帝纳妃般，又欢喜地纳了横板桥溪。

龙潭河像龙潭人一样温雅，因为龙潭是个有文化底蕴的宝地，当地人重读书。

穿过龙潭镇，往东北行，抵达葛竹坪镇双江时，河流欣悦见着，圭洞溪又投怀送抱了。它铆足了劲向北，奔入葛竹坪的楠木冲，又接纳了东南来的葛竹坪溪。深山里的溪流娟秀清冽，龙潭河如虎添了翼，底气不自觉地足了，开始像战士一般折向西，杀入北斗溪镇的林果村。

林果以下，龙潭河改称二都河。承上启下，龙潭河也得名一都河。

龙潭河流域的人，既是溆城人眼里的龙潭佬，也叫一都佬。方言更接近洪江洗马，跟溆水源头蒿吉坪的方言也差不离——共饮一江水，同说一地话，是有趣的人间现象。

龙潭是溆浦县的南大门。龙潭人在外地，一般不说自己是溆浦人，直截了当地宣称：我是龙潭人。

一都河水系，有著名的米粮洞，木鳖瀑布，古村落阳雀坡，更有近年名声大噪的山背梯田。

山背的一个奇特的瑶族分支——花瑶，与贵州紫云的大花苗一样，皆喜鲜艳服饰，都是"嗨歌"好手。花瑶的国家级非物质文化遗产——花瑶挑花，更是远近有名。溆浦俗语曰："瑶住高山土住垅，汉人住了水码头。"形象地描绘了当年武陵蛮的花瑶如何被汉人赶往高山之巅、大界深处，成了云端上的花瑶。

溆浦花瑶不像隆回花瑶集中在虎形山瑶族乡，他们藏在崇山峻岭、层层梯田中，不仅山背有，沿溪、中都等高山上均零星分布，他们曾是镇上人眼里的"界牯佬"。虎形山的背面便是山背，山那边是隆回，山这边为溆浦。事实上在1953年以前，虎形山和茅坳皆属溆浦十大瑶峒中的一支——白水瑶峒。是那年两地划归隆回县，原本属溆浦的花瑶，成了隆回的花瑶。

虎形山的旅游开发颇早，隆回花瑶先为世人所识。溆浦花瑶每年都去虎形山赶三回苗，虎形山的花瑶妹，不时被溆浦花瑶哥的情歌打动，情愿下嫁当时不如家乡富裕的溆浦界上来。

第一次赶苗叫"讨念拜"，农历五月十五至十七，在虎形山的水洞坪。明万历元年，明神宗遣数万人镇压溆邵瑶民，为时三年零六个月。待朝廷收兵，花瑶人便议定奉姓瑶王主持"讨念拜"，纪念受难蒙羞的岁月。"讨僚皈"则分两次，先是农历七月初二至初四，由刘姓瑶王在茅坳举行，意喻"逃脱凶恶的菩萨"，纪念在江西鹅颈坪大丘黄瓜与白瓜下幸免于难的族人；第二次，则于农历七月初八至初十，先在崇木凼举行，后改在五里外的小沙江街上，也为纪念清雍正元年的瑶民被清兵镇压的惨痛历史。三次纪念先民雪耻的集会，渐演变成赶集、聚会以及对歌和谈情说爱的喜庆节目。

有一年，我随朋友去崇木凼赶苗，可惜早去了一天，又当天打转，没来得及见识见识传说中的"讨僚饭"。

不久前，溆浦籍著名企业家陈黎明的公司与隆回县政府签订了开发合同，虎形山和山背将被联合打造成雪峰山大花瑶景区。届时，天南海北的人，均可坐着高铁来山背看梯田与花瑶了。

二都河与刘家渡的舒新城

到了林果,一都河有了新的名字——二都河。河流折向北,至光明村时,东南有九溪江汇入。再至回春,猫儿江又自东南入。

北斗溪镇李家湾,有传说中的红毛将军"闯王"故居,有森林覆盖率极高的康养小镇,这一带的险滩也达二十余道,宜夏日漂流。

沿二都河,再北上,诗溪江悄声汇入,穿岩山粉墨登场。

穿岩山在统溪河镇。外地人易误会统溪河是河,其实它是地名。穿岩山国家森林公园在统溪河辖区,有雁鹅界、枫香瑶寨、茶马古道等。

我在穿岩山穿行数十次,打禾、摸稻花鱼、与花瑶姑娘围着篝火共舞,看傩戏,跟其他城里人一样,常醉在山里不愿归家。早几日,三位省城闺蜜,竟坐高铁到雁鹅界和山背小住几天,她们说是受我的文字蛊惑而来。我问,没夸大其词吧?她们齐声道:比想象中更好呢!

二都河到了统溪河,河面愈发开阔。它神气地往沅水继续迈进,飞快抵达水东镇刘家渡村。附近的小南岳山下,高明溪没声没响地自东南闯入二都河。

说到刘家渡，得提舒新城。

众所周知，舒新城是《辞海》主编，与毛泽东主席同龄。舒姓是溆浦大姓，舒新城是从刘家渡走出去的中国著名学者，原名玉山，字心怡，号畅吾庐。

我只去过一次刘家渡。二都河畔，良田一丘连着一丘，村路在良田里穿行，间或有砖楼在田野阡陌间，鸡飞鸭走，一派社会主义新农村的景象。

去时，舒新城故居尚未修缮完毕。之后我在北京学习，有幸随电视台记者去拜访过舒新城的小儿子泽池，他们夫妇随独生女儿住在通州一套有艺术情调的复式楼。身为著名音乐家的舒泽池，很有文艺范儿，且温雅谦和。一家人对老家去的人皆蛮热情。他还弹钢琴给我们听，在他身上，我嗅到了舒新城老先生的文人气息。

旧时有书读的，多为富家子弟。但舒家是佃农，因舒新城是独子，家穷也节衣缩食送其入私塾。那年，他五岁。直至实在交不起"束脩"，才辍学去当过一阵子学徒。几经周折，舒新城进了溪口郦梁书院，书院有一定伙食补贴。他十五岁就读免费的县立高小。

1912年秋，舒新城离家求学，这次是为了反抗包办婚姻，家庭便断了经济资助，他靠沿途卖字卖文到了长沙。连中学文凭都没有的他，借了同族舒建勋的中学文凭，考入湖南高等师范（湖南大学前身）专攻英语，费用全免。好景不长，冒名考学的事被揭穿，幸得校长符定一见"舒建勋"爱书如命，是可塑之才，破格留其继续求学，还让恢复本名。毕业时舒新城二十四岁，先后赴长沙、南京及成都等地任教，编著过多种教育书籍。

1922年秋，中华书局的老板陆费逵应邀去上海吴淞中学演讲，与当教员的舒新城邂逅，认定他是主编《辞海》的不二人选。但数次相邀，均遭舒新城拒绝。那时的舒新城，一门心思搞教育。1928年春，陆费逵再次长信诚邀。第七次诚邀，终于感动了舒新城，他答应出山。陆费逵为表诚意，自己拿二百二十银圆的月薪，给舒新城开的高达三百。两年后，舒新城兼任书局编辑所所长，1936年出版了《辞海》上册，次年出版了下册。

1959年春，时年六十六岁的舒新城挂帅，再次出任《辞海》主编，这一回是毛泽东亲自点将。其妻刘济群称，1960年2月，舒新城已确诊为肠癌晚期，但做完手术在医院只卧床十七天。卧床期间，也没得休息，他坚持审阅书稿。出院后即天天前往上海图书馆的徐家汇藏书楼找参考资料，自带干粮。才动过大手术的，经不起这般劳累，病情恶化到再次入院。审第二稿、写意见条，依旧是他在医院时天天做的事。1960年11月28日，为《辞海》耗尽最后一丝心力的舒新城病逝。

2017年秋，舒泽池携姐泽珊、夫人及女儿、女婿，回到刘家渡认祖归宗。舒新城离乡后只回过一次刘家渡，后人代替他还了乡，不会乡音的他们，一定听得懂乡音吧！

二都河沿岸口音相似，皆被戏称二都佬。这个享誉中外的二都佬舒新城，是否和溆城的向警予一样，远游在外地，乡音却未全改？

过了刘家渡，北上的二都河，经过漫水附近，是湖南省作协主席王跃文中篇小说《漫水》写到的老家。地图上已找不到"漫水"二字，官方已改称为万水。

过了漫水，到溪口，溪口江自东南气喘吁吁地小跑过来。南方喜欢把小河称为江，等同于高原人把湖称为海子。溪口江自然是小河，就连溆水，也只算小河呢！

二都河过银湖村，到了卢峰镇车头村，四都河从东北注入，二都河因而丰腴不少，昂首阔步西流入城。此时，三都河自北，经过枣子坡、溆浦一中、长乐方再西流注入二都河，两河挟出一狭长的河洲。

有夜，我散步过寡妇桥，方知河洲成了辞海广场。舒新城先生在天上看得到吗？

溆水

四条名字里都带"都"的小河,其中的"都"字,读都城的都,在溆浦县城终汇成《水经注》里的序溪,也即溆水。

溆水南岸叫城南,北岸叫城北。城北为老城区,行政中心所在地,中国第一个妇女部长向警予的故居及她创办的学校,均在溆水北岸。

刘家渡到仲夏,沿河流域皆属溆水盆地,两岸曾橘林茂密。盆地中部的梁家坡,考古出西汉武陵郡的古城遗址,马田坪一带更是发掘出不少西汉墓地。

西行的溆水,在红花园村折向西南,至红星又西行,再入思蒙仁里冲,纳入虾溪。丹霞地貌的思蒙,有"小桂林"之称,是新潇湘八景之一,成了无数异乡人神往的国家级湿地公园。

溆水到了小江口,一段长达十公里的屈子峡浮现:山高蔽日,沿岸有屈原庙、马王庙、吊脚楼和栈道。河流再往东北,出小江口,河面宽阔,经鬼葬山悬棺及大江口人郑国鸿将军陵园,又至立新村,再往西,至大江口犁头嘴注入沅江。

犁头嘴往码头上走，是江口下街，是我外婆的家。外婆当年住过的窨子屋，仍在那条斑驳的下街。

大江口，有沅水悠悠而过。在大河边生长的江口人眼里，西来的溆水，自是小江小河。他们却不知，从杉树坳后山岩缝里蹦出的那股清泉，最起初并不知道一路能纳百川，载千愁，北上，西行，成为沅水的支流。而沅水携着诸多溪河的期冀，奔入洞庭注入长江，最后归于东海。

世间绝大多数的河流终将归海入洋。犹如人类，在历史长河里，人人均可翻卷属于自己的浪花，都有机会在俗尘扮演属于自己的角色。

溆水沿岸在中国历史上有一席之地的溆浦人，连同口音搭界安化、新化的三江人，幸运居住在大河边的江口人，虽皆为宇宙间的微尘，却也都能在世间，在历史上，或轻或重地涂下了光辉的一笔。

这一定也是让溆水倍感欣慰的。

第五辑　满船清梦压星河

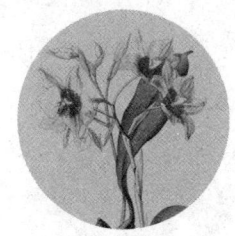

念想中的春天

　　年少时，我最喜欢的季节是秋天。

　　我喜欢金黄的叶子铺满林荫小道，也喜欢火红的枫叶将层林尽染；我喜欢初秋的天高云淡，亦欢喜深秋的萧瑟飘零。伤春悲秋的年纪里，我是丝毫不喜欢春天的。

　　春天在课本里头，从来都是"鸟语花香""莺歌燕舞""杨柳依依"，而我当年生活的周围，没有杨柳，没有池塘，只有走了六年的读书路旁依稀见到的一些村景。春天在我的少年记忆里，无非是早晨上学经过二中操场，不经意瞥见马路右边一户人家门前的那株小桃树，昨儿还一点开花迹象都没有，突兀已现三两粉嫩的花骨朵。记得上学必经一条巷子、两条街道，再就是当地人叫"寡妇桥"的广福桥。几丘菜田，后来被城里人征地建了高低不齐的民房，还有叫"岩脚"的看守所、法院、一中的斜坡和那条西流的溆水。彼时也素不喜文人笔下的春雨霏霏，想着雨天出门多不方便，下雨天，裤管后面定会溅上星星点点的泥，洗起来格外要仔细。

阳春固然好，谁都可以随手一抓一大把描述阳春的句子，可这样的春总是太短暂。我自小期望着什么都长长久久，对于短暂易逝的东西，总是莫名地害怕——早春乍暖还寒，电影《早春二月》里的场景，总让我想起悲怆的"大革命"时期往事，想起上官云珠扮演的苦命女子文嫂，想起她因病早逝的儿子，想起同情她的肖涧秋，想起江南小镇上的闲言碎语。"春暮凄凄似残秋"是歌词，儿时听谢莉斯、王洁实在《鹊桥仙》里唱过，也曾真真切切感觉过。

唉，春天在我心里，竟曾是多年里最不爱的一个季节！

那年暮春，我去南京短训。南京是山环水抱的六朝古都、历史文化名城。玄武湖、紫金山、秦淮河都如诗如画，街头巷尾随处可遇的绿，不知不觉唤醒了我对春天的点点感觉。

次年，我又去南京培训一个月，终于认得了白如雪的樱花，领略了桨声灯影里的秦淮河。

学校在紫金山下，某日专门从学校一路寻去。经市民指路直接上山，不曾想爬得千辛万苦到达的只是头陀岭，离我们想去的中山陵还有一定的距离，才感觉到紫金山之辽阔连绵！不想原路返回，又找不到别的下山口，只得坐半个多小时的缆车，一路观光下至地堡城站，左拐右拐走出紫金山。横过一条马路，问询着上了明城垣的台城段。右边是波光粼粼的玄武湖，望不见传说中的樱洲。信步走在古城墙上，不由得遥念起十多年前走过的西安城墙。

我总是在不断地遥念，难道今后的日子要在不断的念想中度过了吗？

可我明白，南京就这样点点浸入我梦里，春天也如此悄悄蛰居我心头了。

因为江南，爱上春天；因为春天，爱上江南。

那年暮春江南行，没让西湖成为我魂里梦里的牵念，倒是在无锡三国城里，不经意与那一池睡莲的初见，成了我这些年来时时刻刻的回望。

也因着爱上春天，我选择早春去了丽江。

谁都知道云南四季如春，想必早秋去，也会感觉是春天呢！

而我所在小城的春天，在我心里也渐渐明媚。

我曾在一个情人节，一个人跑往市郊，站在新修的天星东路上，遥望远处积雪尚未消融的山峦，还有蓝得格外炫目的天空，都令我念想起丽江的早春。回办公室后，信笔在博客里写下了一篇带有配图的《念想中的丽江》。

至今记得村庄里的黄狗，坐着自制跷跷板玩耍并痴痴盯着我相机的小童，还来不及吐新芽的枯枝，农闲在家门口打麻将的村民以及暖暖的日头。当然，还有我最爱的纯净如丽江天空的蓝。

曾整整一个月奔波在县市搞检查，小车每日穿行在春天的柏油公路上，两旁是田野、流水和山庄。印象尤深的是通道侗乡公路两旁温柔蜿蜒的群山，墨绿色，与田野的新绿交相辉映，跟南京的油绿截然不同。小巧精致的通道跟雍容大气的南京一样，因着绿，成了我的爱。

其实，季节每天都在偷偷地变着脸，让你常常恍然不觉它已经悄悄走过——你喜欢也好，不爱也罢，明年它照常粉墨登场。犹如这尘世本是戏台，它是流光溢彩的当然主角。如此轮回，不管不顾。秋之静美也好，夏之绚烂也罢，甚至冬之凄清，都是它在台上的精彩演出。

当然，最绝伦的演出，还是在春天。我也开始沉迷每一个春天。

现如今我如此渴望春天，渴望一场春雨，渴望冷漠不再、残雪消融，渴望春花簇簇、垂柳妖娆、湖面微澜，还等着风变得轻柔，鸟儿在我家窗外歌唱，走到哪里谁都笑意盈盈。严冬的冷酷无情、暖冬的偶然温馨，都抵不上无处不在的春意。我终于懂得，为什么总有那么多人赞美春天，也总算明白自己为什么曾那么不爱春天。春不就是短暂么？可再短暂的春，总温暖过你我的心扉，总有明亮的眸子闪过你的记忆，即便到了炎炎夏日，春留下的总是一季的灿烂和绝美。

请慢慢学会欣赏这个季节，记住它悄无声息地潜入，记住它轰轰烈烈地绽放，再记住它抹着眼泪把换季的钥匙交给夏日。每个地方的春也有着不一样的美，就像不一样的年轻女子，有水灵的，有活泼的，有婉约的，也有忧愁的。自然，在我心里的春，始终是江南晨起时的薄雾，是玄武湖樱洲上那一地我赶不及去看的落英缤纷，是游艇驶在刘公岛宽阔海域上迎面扑来的有海鸥伴舞带着腥味的海风，是崂山海边礁石上突然袭来打湿了我一身的涨潮，是丽江樱花客栈里藤椅上蜷着的慵懒时光，是家乡小城静夜里突然响起的感觉有别于冬雨的那一阵阵欢快的落雨声。

尘世间的旅行

第一次去张家界，在白鸽跟游客一样闲庭信步的广场，我打量着不远处如水墨画的青山，果然人间仙境！羊肠小道上，偶有坐轿子的游客、提着小篮买黄瓜的小贩。草是寻常的草，山上是常见的树。好不容易走到山顶，进房子去喝了杯茶，就算到了趟黄石寨。

便懂得了，即便张家界，奇峰异石也只可远观。真正走进山里，跟别处的山，没有什么大不同。

许多的东西，只可遥望，只可向往，绝不要走进，甚至靠近。

相对来说，我喜欢走近江南。喜欢水乡，喜欢园林式的庭院，喜欢青石板路，喜欢数不尽的石拱桥，喜欢自石拱桥下穿越、轻摇慢行的橹船，喜欢夕阳西下、水草深深，所有人脸上涂上了金色的光芒。更喜欢江南的观赏桃花、千亩垛田的菜花，还有我没见过的千层麦浪。

在尘世里，我们往往听从的不是自己的心。

在浮尘中，谁可以掌控自己的生与死、爱与恨？

不被料到的相遇和分离、永远猜测不到的暗箭与中伤，让人心力交瘁。

所以，我喜欢旅行。只有大自然，它始终宽容地接纳每一个旅行者。

最难忘在云端看云海。

自西双版纳飞回昆明，坐在靠窗位，我不停地拍，大有跳出飞机扑向云海之念。飞机穿行在云海里，宛如行走在冰天雪地的南极，这里一处那里一堆的小"雪山"，偶有浅浅的蓝色的"海"，而上方是一片蓝天。云随意堆砌出纯美的万象，让我在日后平添了诸多念想——偶在晴空下走，就会下意识地抬头，看看高远的流云，回想近距离欣赏过的云海。

"从云端到路上，从纠缠到离散，有缘太短暂，比无缘还惨。"这是许茹芸的《日光机场》里的一段。当终于自云端掠过，刹那间想起歌词——想起，怎样从云端到了路上，怎样从纠缠到了离散，又如何明白了太短暂的有缘，真的比无缘还惨。

云海终究在天上。而我，只在凡间。

山区长大的人，出门即能远眺群山。习惯了遥望，费尽心力走进它，反倒有无所适从的感觉，反倒念着北方。我唯一喜欢的是山间的水——溪涧里唱歌的泉水，若少年初萌的心，是江南的溪水无法比拟的。

高三那年，我陪同学英去她老家。辗转几个小时的中巴，到了一个叫"沿溪"的乡政府。公路自此断了，进山只能步行。这一走，三十里。英熟悉不过的村庄，于我是新鲜的风景。我一路蹦蹦跳跳，哪会有成人后爬山的艰辛？田埂路，左边是田，田过去是山，右边是与路同行的小溪，溪那边是群山，这里叫"沿溪"，就很自然。

小村落在拐角处出现，一栋桐油漆的新木屋是英的小姨家，歇脚喝了口水，再走一程，穿越一片竹山，竹山上去五华里，就是英的老家了。

英全家当时已进城，老屋住着她的叔叔。到屋后去汲水，我第一次见识竹子接成的水管，第一次用手去掬山泉水喝，第一次吃到了薯米饭，

183

第一次吃到深山里的腊肉……这些"第一次"让我记住了"沿溪"。英说，山的那边，就是隆回县。次日早晨返程，我照旧边走边唱，回城后才开始小腿酸痛。

深山里没有污染，不时可闻鸟鸣声与花开的声音，还有不知名的野果子。可以坐在吊脚楼望山的那边，看云雾轻拢慢涌。山与水相依，犹如世间山盟海誓的男女。文友妙晴写罗伯特与白朗宁夫人的传奇爱情，写白朗宁夫人因爱情的力量奇迹般地站立起来，过了幸福美满的十多年。之后，她如睡着了一般，死在爱人的怀里。罗伯特把他的爱埋在佛罗伦萨，一辈子不再娶……在我看来，已是人间绝唱。

多数人潜意识里，盼望被爱着的人爱一辈子，只是谁也不会再强求，白朗宁夫人想必亦如此。关键是罗伯特自己愿意选择枯守这一份爱，你只能敬重并仰望。

我曾经很向往大海，但真正到了大海边，见到的只是灰蒙蒙的水面。万涓成河才终究汇流至海。百转千回后，你如何期待海水能如涧水澄明？只是海有海的开阔与旷远。站在海边，你至少可以浮想联翩，想象要望穿多少秋水，才可以抵达彼岸。

无论在哪里，都需要一双会欣赏的眼睛。竹林的清幽、山花的淳朴、远处的云山雾海，带来的是一种意境；而桃红柳绿的湖边，袅娜过一个妙龄的江南女子，同样是一份惊喜。

总是一路看着风景，一路想着来时路。春日丽江的蓝天，夏日北京城的国槐、秋日东北的杨树林、冬日星城高楼间的火红落日……犹如一个个电影片段撞击着我。而我始终明白，在享受所谓短暂幸福的同时，时刻不曾忘了我只是一个旅人，一个喜欢蓝色的旅人，一个偶然驻足停留，永远在路上的孤旅。

永远的白桦林

去坝上,除了野花,我更渴盼看一样东西,那就是白桦林。一个南方长大的女子,对朴树笔下的白桦林总是神往的。《白桦林》充满了俄罗斯民歌的韵味,背后的故事也唯美:苏联卫国战争期间,一对青梅竹马的恋人常在白桦林里约会。战争爆发,男子上了战场,女子说会一直在那片白桦林,在那棵刻了他俩名字的白桦树旁等他回来。可是,他战死在疆场,女子只愿相信他迷失在远方,他总有一天还会回来。于是,等啊等啊,等到两鬓白霜,男子仍没回来……

白桦树是俄罗斯的国树,是那个"战斗民族"精神的象征。而朴树的《白桦林》,不过是加深了我对白桦林的印象。那时没有网络,我不晓得白桦树究竟长什么样,不明白为何在俄罗斯,它成了象征爱情的树?

我想,总有一天会去北方看白桦林。

当知道坝上草原有白桦林时,我想是时候了。看草原的同时,可去探望白桦林。人说,要看白桦林最好秋天去,秋天的坝上层林尽染,尤其是白桦林。可我着急看坝上的夏花,于是,最终选择在盛夏去了围场坝上。

当导游带我来到草原深处的一片白桦林，我久久没有出声，斜坡上静静的白桦林，登时感动了我，我仿佛看到了白桦林深处那个执着的俄罗斯女子。

白桦树与众不同之处，在于它的树干。白垩色的树皮把树干裹成亭亭玉立的少女，让树顿时有了灵动感。我试图从它修长的树干上找到刻着的两个名字，而忘记去细观叶子的样子，只记得脆生生的绿直冲云霄，从树叶里泻落的时光，点点滴滴洒进我的心里。

相信到了秋天，白桦树的叶子已由翠绿变成金黄，犹如由少女变成少妇，风韵得令人心颤。树干依然粉白如霜，色彩上的对比会构成震撼人心的绝美。可是我在离它极远的南方，无法从盛夏守候至深秋，我注定只能在它身边停留片刻，揣想它年复一年终将书写的秋天的童话。我又如何跟那个痴情坚贞的俄罗斯女子相比，从年少等到暮年，像她那样站成一棵永远的白桦树。我甚至相信，每一根斑驳的树干都布满她滴下的、已然风干的泪痕。可是，等待也需要有约。

从不后悔在盛夏早早去探望那片白桦林，我依然见证了它出众的绝色：白的干，碧的叶，成片成林，就是我心中的白桦林，就是朴树歌里的白桦林。而秋天的白桦林，我已感知，就无须继续在原处等待，我会在每一个深秋时节，遥想那片白桦林怎样从青春走到盛年、从丰美走向凋零。我甚至可以想象那个俄罗斯女子如何从盛夏等到深秋、从少女等到了垂暮。

她的心上人早已回不来，可那株刻了两个人名字的白桦树，永远藏在了那片白桦林。

秋水·落霞·伊人

很多年没有看过如此美丽的落霞了，况且在山峦间，在一湾浅水之间。

那天傍晚，采风归途中，陈兄建议去公坪游泳。我这个压根不会下水的旱鸭子，却怂恿着他们一定去。车子折进一块草地，草坪那边是舞水河，河水打西边来，要流入市内。草坪上停满小车。靠公路的一边，有一家古色古香的农家乐。草坪深处，经过卵石堆积的河滩，百合说，那是干涸的河床。若不是枯水期，此岸是一块草坪。

舞水瘦了，略显清秀。夕阳已沉没在山那边。西山晚霞满天，恍惚间，想起少时在家乡铁路旁，我常打着温书的幌子，迎朝阳送落霞。只是家乡的铁路早已改道，曾经的铁路沿线早已商铺林立……

在泰州的湿地公园，在摇动的橹船上，看过浑然天成的水天一色，但那时天色尚早，有落日，有晚霞，那是醉死人的江南水乡夕照图；而舞水边的晚霞，已然落霞，只剩一抹殷红镶嵌在西边的山峦间。落霞在彼岸，我在此岸。

文友都下水了，一日的疲惫可以在温柔的水乡里洗净吧？娇俏的百合在水中央唤我下去，我挥挥手，不肯泅到水中央，我更愿在此岸静送落霞归隐。我脱了鞋子泅入浅水里。水温刚合适，霎时一些莫名的感觉钻进每一根毛孔。

很久没这样沉静了。

前不久，在厦门海滩的夜色里，我曾赤足踏入海水，潮水不时撩拨我的双腿，弄湿我的沙滩裤。欲念犹如魔鬼，一点一滴吞噬我的灵魂，海水深不可测，我恍惚着一步一步往前走，差点不肯回来；不久后在北戴河，又一次孤单伫立在深夜海边，看潮来潮往，满耳只有海水的呜咽。海风微凉，我抱紧裸露的双肩，试着下水。水凉且脏，潮水还追逐着我，一浪高过一浪，我悻悻地退回沙滩……

牛年处暑的头一夜，在暮色里，我第一次爱上了舞水，爱上了我天天饮着的舞水。黑暗的河流跟大海到底不一样，没有暗流汹涌。晚霞映红了水面，微澜的水面像极娇羞的新娘子，满怀对幸福的憧憬……突然想起王勃《滕王阁序》中的那句"落霞与孤鹜齐飞，秋水共长天一色"，黄昏的舞水河畔，看似并无孤鹜；但初秋的舞水，绝对共长天一色了。

在无边的思绪中，晚霞渐渐褪尽，仿佛用尽一生的气力。此时河面已暗红，波光潋滟间，我看到自己的前身。

我的前身隐在山那边向我颔首，询问我今生过得好不好。我凝视远处的她，竟没再有欲出的清泪。河水在脚下轻柔地环绕，南岸矮矮的山峦、不远处河里嬉戏着的人们都渐成剪影。彼时，我心里涌动着无限的温柔。我微笑不语，想起今生来不及去回想的一切，久远的或新近的遭遇……我该如何告诉她，已走过的前半生曾是怎样的张皇无助？

她渐渐沉没在黑暗里。刹那间，我如醍醐灌顶。

转回岸边，坐在裸露出的卵石上，不再幻想着与她的会面。暮色愈来愈浓，嬉笑声依旧响彻在浅湾，入夜的河水不再粼粼波光，落霞仿若某夜的一场幻梦。无月的星空下，舞水在此转了几道弯，我们逐渐看不清它的波光。河面仿似飘来少年时一读再读的席慕蓉的《在黑暗的河流上》，《越人歌》亦步亦趋地跟随了过来。

拨响这首四季歌

因着日渐凋残的绿，因着乍起的秋风，我突然想起春上的江南。

关于刚刚萌发的新芽，关于烟花三月的江南，关于瘦西湖的垂柳与画舫……

想起泰州湿地公园的那一抹残阳，想起三三两两的人在桥上留影，再去看传说中喜欢殉情的麋鹿。想起凤城河边姹紫嫣红的观赏桃花，想起桃花丛里的张张笑脸，想起兴化千亩垛田的菜花，想起水杉林里的白鹭和竹排上晃悠悠的我们。

想起人去楼空的泰州老街里忽明忽暗的灯光，还有朱门紧闭的石狮子旁边几个摆酷的哥们；想起扬州老街忘记了名字的小酒馆里，一群纵情歌唱的新结识的文友。

春日总是苦短，最美的时光总是只能回想。

这个夏日，也有数不清的回忆。

鼓浪屿的凤凰花，夜里的海滩和潮水，日光岩上的烈日，被风吹散的长发。

芙蓉镇上的米豆腐。古丈高望界的大峡谷。不二门里的小寺庙。

富厚堂前的荷池。湄水河边畅饮的同窗。刻着荷的一方溪砚。

常德诗墙。宽阔的沅江。雨中与雅丽漫步在柳叶湖。大河茶楼的古玩。三四个好友在小亭里喝茶闲聊。回家的火车上，一口气看完朋友赠予的《追风筝的人》。

盛夏，天安门前人山人海，包着天安门广场转了个圈也没找着的、那年的红荷。

后海的夜，约见美丽的午茶，从喧嚣走至寂静。午夜的后海，午夜的午茶与我。

三轮车载着我从中南海边驶过，去探访想象中的老胡同和大杂院。

雍和宫里虔诚的香客、缀满黄花的一树树国槐以及路旁热心为我指路的北京大爷大妈。

……

绕很长的路程，才抵达我想要抵达的坝上草原。但我的心，因着盛夏的草原而沉迷。星星点点的野花、温情款款的丽日、写满忧伤的白桦林、在草原上觅食的牛羊和马群、暮日中的向日葵……足以慰藉一颗流浪的心。

一个人，在坝上，在旷野里，在龟山的小敖包边，突然间热泪盈眶。只因，所有的欢喜还来不及细细咀嚼，又要作别。

只是过客，注定了我不停地流浪。

归家。继续躲在家里书写一个又一个梦。我总在着急地回忆，却因为心急，所有的梦纠结在一处，找不到梦的源头。我索性放下笔，听之任之。心流浪到哪，是哪。

纵使一年里走过了如此多的地方，我的心还是荒芜。我无处可逃，就逃去看电影，就去QQ农场种菜。今日，我终于可以种一丛又一丛的玫瑰。朋友在QQ群里玩笑，种玫瑰送谁？不要乱送了，会出人命的。屏幕这头的我，微笑。我喜欢看着玫瑰在我的农场一次又一次地盛开。从种子到发芽，到花蕾，到怒放，到收到仓库，到卖出，到重新播种。

从残春起，不知不觉附上心的阴霾正逐渐散去，功臣却是电影《海云台》。

真的是《海云台》，是它，让我在秋风乍起时，心平气和地开始追忆这一年的变迁。

从云端到路上，从纠缠到离散。

从早秋到阳春，从初夏回到秋。

去年早秋的七彩云南、秋风里的杨树林、深秋的麓山枫叶乃至两座高楼间瞥见的火红落日。

去年的冬天，没有雪，温暖。

初冬的沱江温润如玉。青石板路的凤凰古街走过数回，沈从文墓前供奉的花环，早已换了一拨又一拨了吧？平安夜的教堂拥挤而又新鲜。我去的时候，只赶上了最后的人头攒动。圣诞夜的街头处处是喧闹的人群，孔明灯在立交桥下争先恐后、摇摆着直往天上冲。冬天奇妙地接连过两天生日。头一天过农历生日，友人驱车带我们去看印山。印山上鲜红的"福"字我带不回家，"庙前民居"前我头夜醉酒后，黑衣映衬下的苍白的脸已定格在相册里。公历生日，我坐短途火车，从长沙去株洲与姐妹们小聚。夜里依然有白莲在长沙的一隅等着给我庆生，两个三十多年的老友对酌红酒的温暖，至今流淌在心。

冬夜里在沱江石墩上放过的一个又一个河灯，并没庇护我今年的吉祥平安；开福寺转过的十三圈，也未曾记住我许下的微小的愿望。

那秋，那冬，一眨眼地晃过，如一场梦。梦醒后，就到了初夏。尔后历经苦夏的挣扎，到了云淡风轻的早秋。

这之前，穿插着文章最开头描绘的、俏丽的江南春天；还有春夜里自扬州归的长途客卧上，车窗外那一路陪伴着我返乡的明月。

打去年秋天算起，完成了一个四季的交替。

秋夜微凉，我如何拨动怯怯的琴弦，将四季歌慢慢唱起？

从丰盈到凋零，从萌发新绿，到盛夏里尽情疯长。每一个开始的最初，早已把最后的答案写在暗处，我们故意不去偷看，我们怕泄露天机，我们虔诚地膜拜着四季。还因为，因为我们总想着要一个不一样的四季。

你听，周璇的《四季歌》自久远的年代飘来："春季到来绿满窗……"

请你凝神细听，再慢慢温习一年来你走过的路、看过的风景、遇过的人。尔后，调整琴弦，悄悄拨响四季歌谣。

尔后，浅笑，迎接一个崭新的轮回。

到哪里寻找心中的海

平生第一次看海，是 2006 年春天，入青岛的第一站，前海栈桥。

在前海栈桥，我看到的是阴沉沉的天、灰蒙蒙的海。向往了那么多年，海竟以那样的姿态迎接我，我半晌无话，这不是我心中的海啊！

直至去崂山，太阳露出了俏皮的笑靥，我的心情才跟着好起来。在滑溜溜的大石头上半蹲着，要同学辉给我拍照。她手忙脚乱，半天摁不下快门。一股猛浪突如其来，打湿了我的牛仔裤。辉情急间拍下的照片有趣而生动：我一边捂着被浪打湿的屁股，一边拂着乱发。后来在太清宫门口看海，我总算忘却了之前的失落。眼前山光海色，虽非心中的蓝，刹那间仍令我忘了今夕何夕。崂山景区三面环山，一边仙风道骨，一边碧海蓝天，算是崂山特色。只是多少年过去了，太清宫的模样早已在记忆里模糊。只依稀记得，道观里有古老的银杏、耐冬，还有崂山道士。

惜别崂山，我们马不停蹄地奔往威海。坐海轮去刘公岛上看甲午战争纪念馆，去海滩学着孩子们捡小贝壳。游轮在烟波浩渺的黄海上乘风破浪，只听到海风呜咽，看到海鸥低徊，没有见到心中的蓝。那时，我已经偏执到只爱着蓝了。

最初以为北方的海水不蓝,是因为春天的缘故。

三年后,我去厦门鼓浪屿看海。火红的凤凰花映衬着蓝天白云碧海,我心中的蓝色情结又蠢蠢欲动起来。看完南方的海,又马不停蹄地往北,本是经北京去承德木兰围场,一念间却执意绕道北戴河,想去寻觅心中的海。

抵达北戴河时,天已暗沉。通往海边的街道上游人如织,欧式建筑闪烁的橙黄光影,无不弥漫着诱人的异域风情,清新宜人的空气里飘荡着花香。一两对情侣坐在礁石上喁喁低语,另有三两人在沙滩上无声地徘徊,有人在地上拨弄着沙子。海浪一阵阵袭来,拍打礁石的声音在反复回响。在夜深微凉的渤海边,我想念鼓浪屿,想念演武大桥上升起的明月,想念在白城海滩上写的、转眼被涨潮抹去的"蓝蓝"。次日,我在写有"北戴河"三个字的大石头上张望,只见帐篷一顶接着一顶,人头攒动;海水浑黄,扑腾在浑水里的人像热锅里的饺子。我早已原谅了春天的黄海,可盛夏的午后,阳光直射下的渤海竟也如同黄海,"明沙碧水"几个字,明晃晃地赫然刻在沙滩的一块石头上。

前年盛夏,一家三口去呼伦贝尔大草原,回程绕道沈阳。同学问,想看沈阳的什么景点?我说,大热天的,别去参观什么景点吧!他说,那去营口鲅鱼圈吃海鲜,顺便去海滨浴场?于是,越野车在高速路上跑了两个多小时。抵时已近中午,同学已电话预定了一桌海鲜。同学与我寒暄着,问,有没有感觉咱北方海鲜比南方好吃?北方是深海,海鲜肯定要好吃很多。我认真品了品,感觉跟以往吃的确实不同。

被带到金沙滩海滨浴场时,太阳已收起了它的狠劲,像渐显年迈的人,连目光也变得慈祥起来,它时而躲在云层后面,时而又露个全脸。风吹乱了我的长发。海里漂浮着密密麻麻的人,沙滩上,不少大人小孩蹲着捡贝壳。同学从车后备厢里拿出三把小塑料铲、一个防水布的小方篓，我们拿着铲，挎着篓，去挖沙里的贝壳和海螺。慢慢往海里挪，海水似乎还有点远，被海水泡湿的沙滩，小螃蟹随处可见。阳光拂过远处的海面，泛起金色的涟漪，先生拍太阳与海，也回头拍我和第一次见到大海的儿子。突然，同学在我身后喊，别往深处走，涨潮了！原本踩在湿沙里的双足，不知何时已被海水浸过脚踝了。

赶紧往回走。刚才煮饺子似的场面立刻消失了，太阳强打着精神，不时用光撩拨着海水。海面风平浪静，潮水是无声无息地漫上来的。我明明记得，厦门海滩那夜的潮水如暗涌的情怀，一浪一浪地拍打着沙滩。书上说，白天的潮叫潮，晚上的潮为汐。每天都有潮汐，都有潮涨潮落，为什么每次我都赶上了潮涨，却等不到潮落？黑暗中的海可能有一种神秘的力量，拽着人的思想往深处走，而海的深处，多像人生的深处啊！

从小学过，海水本无色，是它的光学性质和其中所含的悬浮物质、海水的深度、云层的特点及其他因素，决定了海的颜色，北方的海自然不如南方的蓝。人们惯常看事情只看表象，我也不能免俗，我心中的海，慢慢演变成我心中的蓝。大凡是海，都有它的深沉与辽阔，如果只关乎颜色，如何了解海到底是什么？海与洋的关系又是什么？地球史上第一次火山爆发时，水蒸气太多形成云，之后下了几千年的暴雨，汇成大海。世间的河流终究汇入大海，大海的胸怀始终博大，却仅是大洋的边缘，就像人类在宇宙不过是微尘，都还可以在各自的身体里跳舞与思考。

如今，我已然明白自己为什么固执地爱海。我学会了忽略海的颜色，把目光投向海的深邃与宽广，投向海那边望不到的大洋，期待地球上的子民，不论什么人种何种肤色，都跟息息相通的海洋一样融合团结。我甚至花了半辈子时间，在千奇百怪的人面前，学会了避让、接纳、包容，理解了潮涨潮落是自然规律，明白了"万涓成水终将汇流成河"的真谛，更懂得了心中有海，才能拥有海纳百川的胸怀。

如果一定要寻找心中的海，我最神往的，始终还是三亚的海。或许是它澄澈而蔚蓝的海水，或者是那细软而洁白的沙，或者是它相对洁净的自然环境，让我从少年到中年，目光始终不曾游离。请允许我在学会了圆融之后，还保留心中最纯粹的蓝。

那些久远了的苗歌

　　那年初秋，灰蒙蒙的天。悠扬婉转的苗歌飘荡在紫云县一座原生态的大花苗寨。若我当时忘记用相机记录下来，又怎能在寂寥的冬夜重温那些美妙的歌呢？追逐着苗家阿嫂的镜头，淳朴的笑脸，泥泞的乡间小道，土屋……此刻，正随着歌声翩翩而回。

　　心情在歌声里起伏，虽然我听不懂她们唱的是什么，但听懂了旋律里的表达。

　　是欢迎贵客远道而来，是牛角酒捧起的殷勤，是华丽的苗服灼伤了眼睛，是阿嫂阿妹依依不舍的离歌……

　　早已离开那个地方，那个至今我唤不出名字的苗寨，但我顺手牵走了她们的歌声，还有音容笑貌。

　　很多次想把这些视频上传，让朋友分享，可总等不及一个文件蜗牛似地上传完成。

　　于是，这些美好的片段只留存在我的电脑里。

又到凌晨，又打开这些视频，一幕又一幕的往事慢慢围拢，争相向我诉说彼时的场景。

那些听不懂的歌在脑海里回味，我甚至可以跟着哼起"阿毛若，阿毛若"，是这样的谐音吗？

苗民中的年轻一代已开始出远门见世面了。家家户户住的还是土屋，种的还是薄田，背靠的还是望不到头的绵绵群山，但现今一定也从年轻辈的口里，探到了外头的纷呈精彩。

世界上天天有战事发生、悲喜剧上演，我们有大把的时间虚度光阴却牢骚满腹，我们也风花雪月情意绵绵。谁曾想过，在偏远的原生态的寨子，还有多少人一辈子不曾离开过大山啊！

大山以外是什么？

大山以外有江南江北、长江黄河，大山以外有尔虞我诈、爱恨情仇。但是，大山以外更有着无数的精彩啊。

我在大山之外一遍遍聆听着来自大山的歌谣。大山里面的女子可还记得，曾有一群人闯入过你们平静的寨子？

记得你们摆着纺布，梳着头，任我们拍照，你们配合得很娴熟。只因我们是你们心里尊贵的客人。

我们绝非掠夺者，跟你们一样，我们只能在山高水长的距离里，遥望日渐生疏的彼此，遥望大山深处的炊烟，让迎来送往的歌一遍遍回响在心。

晋祠的睡莲

癸巳秋月的下午,在太原晋祠,在三千多年的柏树守护下的池边,我瞥见了一幅绝美的图画。

缱绻在池塘里的光影,轻拂过水面的数朵睡莲。莲叶舒展着圆润的肥臀,露出楚楚可人的姿态。锦鲤在水下穿梭,古树和夕阳的倒影一股脑地倒在池塘里,与睡莲争着水的宠,重叠着不可言喻的美感。我快速地取出索尼卡片机,逆着光,换着角度,拉近拉远,意外地拍出了一张张有油画质感的照片。

是的,准确地说,是光影打造出来的一幅幅睡莲油画,这不由得让我想起法国著名画家莫奈的睡莲。莫奈是运用光与影的顶级高手,他生命中最后的二十多年,精力全放在《睡莲》上,笔下的睡莲从容,如梦,如幻。像他自己,像我们想要抵达的某种意境。诗人马拉美写过:"……它深浓的白/包含这样一个空无不可及的梦/包含一种永不存在的快乐/我们所能做的只有继续屏息/向那幻影致敬……"

晋祠的睡莲,在我遇到时,恰如莫奈油画般令人几近窒息。不像在别处看睡莲，可能只关注到一朵睡莲的姿态。在晋祠，我的目光，不，整个身心，被一池睡莲生生地拽走。光影在水面上写诗，树影和太阳欣赏自己水中的倒影，我试图弄个倒影进去，光与影却不肯帮忙。

其实，恰好的光影，恰好的水波，绘出一幅恰好的油画来，这已经使我欣喜莫名——人生中美好的遇见，莫过于此。

好几年过去了，晋祠的睡莲，挟着静谧神奇的力量，仍不时碰撞人到中年的我。

在说不清道不明的气场里，我不止一次被带回千里之外的悬瓮山麓，那是晋水源头。

史称唐叔虞祠的祠宇就坐落在那，相传为周成王的胞弟姬虞的后代所建，姬虞当年是一位受人爱戴的封建郡主。

"桐叶封地"的典故，想必有人也知道。说的是周成王与胞弟姬虞玩耍时，将桐叶剪成玉圭状，对弟说：我拿着玉圭封赐你！其叔周公旦听说后，正色道：君无戏言。督促成王言出必行。成王遂将唐封赐给姬虞。姬虞成了唐国的王，其子后将唐改为晋。

《晋祠志》记载："三晋之胜，以晋阳为最；而晋阳之胜，全在晋祠。"刚到太原，当地文友硬拽着我们去趟城郊的晋祠，他说，文化人，来了太原哪都可以不去，晋祠不能不去。

而当时，人在浮尘中，压根走不进历史的烟云，我糊涂地跟着转悠，珍稀文物被我视为尤物，只记住了斜躺着的周柏和它庇护下的睡莲。

在频频的回望中，是睡莲指引着我了解晋祠——

经历过东汉太原地震，被北齐文宣帝高洋"大起楼观，穿筑池塘"，隋开皇六年在祠区增减舍利生生塔引晋水灌溉稻田，唐太宗亲抵且撰碑文《晋祠之铭并序》，宋太宗大兴土木、宋仁宗追封唐叔虞为汾东王，并为其母后邑姜修建圣母殿，元明清乃至如今，历代不忘翻修……这样的晋祠，被我敷衍地逛过了一圈，只记住了一些活着的文物，比如周柏、隋槐和唐槐，当然，还有光影里的睡莲。

睡莲并非晋祠里的文物，它只是多年生水生草本植物。它在晋祠多少年了，无人告知。莲池的光影，如莫奈油画里的光，灿烂华美，让我在那个早秋的下午，在恰好的光影里，抓住了生命里刹那间的芳华。

而我未知的后半生，有时会回想起那场遇见。总恍惚，那不仅是一幅撞击过我心灵的油画，更是令我遇到了自己。

我极可能前生是晋祠里的一朵睡莲，一段记忆……至于是否，晋祠的一草一木，经风霜雪雨的古老文物，都应该心知肚明。